松田 雫
Shizuku Matsuda

文芸社

ママ子レンジャーが行く!

目次

恋愛結婚。女・女・男三人の子持ち。私は人生の勝ち組？

どうにか社内恋愛で二十代にゴールイン。二十代に第一子出産。しかも女の子。三歳ずつ離れて次女、長男出産。誰もなんの文句のつけようもない、完全なる専業主婦。

「せやのにあんた、いったい何の不満があるん？」

なんとはなしにため息をついてしまう私に、高校からの親友は不思議そうに聞く。

彼女に言わせると、私みたいな人間のことを最近は勝ち犬と言うそうだ。

「人間ってないものねだりや。あんたは満ち足りてるんやで」

彼女のいうこともよくわかるが、「勝ち犬」とは単に「負け犬」の対義語で、実際の優劣とはあまり関係ないだろう。百歩譲って私がそうだとしても、こんな絵に描いたような人生の勝利者はないものねだりをしてはいけないのか？　人生半ばですべて（家庭・子ども・マイホームなど）を手に入れたと満足して、そのまま幸せ太りして墓場まで行ってしまっていいのか？　妻である前に嫁である前に母である前に、一人の人間として、一人の女性としてちゃんと大地に立っているのか？　とふと疑問に思ったことはないのだろうか。

五年前、急性末期癌で父が亡くなったときに初めて死というものが身近に現実のものとなった。その時だ、私の中にひとつの疑問が生じたのは。

通夜もお葬式も、あまりに突然のことでショックを受けた、たくさんの父の友人が男泣きに泣いた、実に湿っぽいものだった。

「奥さん何でやねん？　なんで死ななあかんのや！　わし悔しいで」

いい年の男性が真顔で母にくらいつく。まるで亡くなったのは誰かのせいだと言わんばかりの勢いで。おそらく彼は、父の死を何かのせいにしてしまいたいほど、悲しみのどん底にいたのだろう。参列者のほとんどが会社関係の男性だったにもかかわらず、全員が声を押し殺して泣いている姿にある種感動さえ覚えた。こんなお葬式は初めてだ。

父は、商売をしているくせに人情に厚く、得意先に売掛金を踏み倒されて被害を被ったことが何回もあった。

「あんなに人がよかったらいつまでたっても、もうからへんで」というのが我が家での父に対する見方だったが。

「お父さん、あなたの生き方はまちがっていませんでしたね」

そう確信したときにはもう父はいなかった。

自分の寿命が長いのか短いのかわからないが、そんなことはたいした問題ではない。でも誰にも必要とされなくなって死んでいくのだけはいやだ。あの父のように惜しまれて逝きたいとも思うようになった。子どもが何人いようと、自分が足腰立たなくなったときにそばに誰もいないんだったら子どもが多くいてもしかたがない。かえっていないほうが「産まなかった私が悪い」と自分を責めることができて気が楽だろう。

そんな後悔するような生き方をしないためにどうすべきか？　それを考え始める人生のターニングポイントに今、私は立っている。そう、人生に勝ちも負けもないんだから。

土曜の朝ーきっかけは一本の電話ー

電話の声は耳当たりのいい男性の声。

「またセールスや！　まったくさっきの宗教の勧誘といい、土曜の午前中ってこんなんばっかりや」

相手は名前を名乗ったが。最近はこういう新手のセールスが多い。だいたい教材か学習塾である。機嫌の悪そうな声でさっさと切るのが得策と思い、聞いていると、アレ？　どうも勧誘ではないらしい。以前、父についての原稿を投稿したことのある出版社からだ。

と、そのときいつもはピアノの練習などしない次女の繭子が、急に発表会の曲を弾き始めた。それも大音響で！　うるさくて相手の声が聞こえない。（狂ったように弾いている。大丈夫か？　それとも何かの虫の知らせか？）とりあえずあわててベランダへ出た。

電話は、私にエッセイを書いてみないかという内容だった。私が書くことに対して、

「普通の主婦が感じたことでも、読む人が共感できればいいと思うんです」と言ってくれた。

この会社の人たちの本作りへの姿勢が素敵だなと思った。

だからこんな私にも何か書けるような気がしてきた（その気になりやすい性格なもので）。平凡な主婦に小さな革命が起きた土曜の朝である。狂ったピアノはまだ続いている。

子育てもひと段落し、本当に何かを始めようと試験勉強中だったのでまさにグッドタイミング。勉強は一時中断。

「やったー！　勉強せんでいい」とにかく意地でも書いてやる！

実は前に原稿を書き上げたとき、これまで味わったことのない充実感と興奮を覚えた。思ったことがパチッとパズルみたいに言葉として文章にはまる、言葉のゲームのようなおもしろさが、なんとも言いがたく、とても楽しかったのだ。

「もっと書いてみたい」そう思って、真剣に物書きへの道を模索したことがあった。ネット上の脚本家養成講座も覗いてみた。

「真夜中に妻がパソコンの前で脚本を書く姿は、私のまったく知らない別人なんです」

かなり才能がある主婦がその脚本家養成講座に通っていたのだが、彼女の夫が夜な夜な創作に苦しむ妻の姿を見て、耐え切れず直接先生に相談したそうだ。このままでは脚本家と家庭の両立が難しい。結局、将来有望な彼女は家庭のために辞めていったそうだ。こんな話を聞くと、とてもじゃないが私には勤まらない。しかも何のアイディアもひらめきもない私にお話は書けないと悟った。

その夏久しぶりに、若い頃から大好きだった村上春樹の『海辺のカフカ』を読んだ。『ねじまき鳥クロニクル』を読んでから四、五年ぶりか。冒頭の何？　この世界は。というわけのわからない設定から一気にカフカの世界に引き込まれて、その世界観や話の展開たるや、まさに「目から鱗《うろこ》賞！」だった。

「これこれ、これですやん！　さすが自分が好きな作家の作品だけのことはある」と妙に感心してしまった。

私は特にナカタさんの話が好きだ。自分のことを「ナカタは……」と話すところがたまらなく好きだ。気が付けば彼に「ナカタさん、頑張れ」とエールを送っている。そしてまたまた悟った。「才能のない人間がモノを書いたらあかんでー」私なんかが書いたら、立派な作家の方たちに失礼じゃないか。そうして私のはかない夢は完全に打ちのめされたのだった。なのに出版社の人に言われただけで、ほいほいやる気になってしまう私はとっても能天気だ。

三十分も電話している間、子どもたちをほったらかしにしていたことを謝りたくて、電話の内容を簡単な言葉で説明した。

「あんな、お母さんの書いたお話が上手やったら本にしてくれるねんて。でも下手やったらならへんよ。だからお友だちにはまだ内緒ね」

すごくストレート。しかし十一歳の長女よし丸には意味がわかったらしく、少々興奮気味である。

「でもでも本になったら、友だちに言ってもいい？」

うーん、本になってもやっぱり読まれたくないしなあ。

「ダメー！」

不満げなよし丸。まだ出版されるなんて決まってもいないのに、気の早い親子だ。

真ん中の繭子が、

「なに書くの？」

「うーん、『パパは耳が動かせます』って書こうか？」

（本当のことである）

そうしたら末っ子のケンが私の腕をつかんで廊下まで引っ張って行って、

「ボクは鼻が動かせるよ！」

と小鼻をピクピク動かして見せてくれた。

「ありがとう。お母さん頑張るわー」

おかしくて涙が出た。

「あんたらのこと書いただけでも、一冊本ができるよ」

夕方、休日出勤から帰った主人に、

「今日はいいことあったから、ケーキ買ってきたよ」

と言うと、

「え？　誕生日やった？」

今朝の電話の話をすると、

「……新手の詐欺とちゃうか、それ」

「私もちょっと考えてんけど、ちゃんとした会社やで」

でも少し不安。おいしい話にはウラがあるっていうからね。

「有名になったらどうしよう……たくさん稼いでね」

やっぱり気の早い一家である。

食事中に見ていた「クレヨンしんちゃん」で、しんちゃんのママが脚本家養成講座へ通う話をやっていた。

「オンタイムな話やねー」と妙に感心して見ていた。ネタにつまって苦しんでいる母ミサエを見てまた少し怖くなった。ちなみに私はいつもこのアニメを見るたびに主人に「ミサエに似ている」と言われる。

「そんなにお尻大きくないよ」

と反論するのだが、顔も性格もそっくりらしい。

「今日は笑顔が多いね」

と主人に言われた。

「今日はまだ一度も怒られてないよ」

と娘に突っ込まれた。

「当ったり前じゃなーい。お母さん優しいもん！」

子ども全員が無言で顔を横に振った。アレ？　私っていつも怖いの？

日曜日は大忙し

翌朝目覚めると、次の日は当然日曜日だ。子どもの大好きな（実は私もハマっている）戦闘ヒーローもののテレビがもうすぐ始まる。でも待てよ？　なんだかいつもと違うぞ。今朝はお肌のハリが違う！　なんてことはないが、昨日までの自分とはなんだか違うような……そうか！　私は生まれ変わったんだ。宇宙戦隊ママ子レンジャー参上！

「宇宙戦隊ふんわり〜、宇宙戦隊ふんわり〜」（テーマ曲です。作詞・作曲／繭子）

朝食を摂りながら毎朝広告を隅から隅までチェックするのが私の日課である。新聞を読む暇がなくても、広告だけは見逃せない。主人からは、

「そんなわざわざ車使って遠くの店へ行っても、ガソリン代差し引いたら同じじゃないのかい？」

それでも安売りには反応してしまうのが主婦の悲しいサガなのだ。毎週日曜は求人広告

がドサッと入る。いつもはこれをことさら真剣に読んでいる。しかし今朝は「これからしばらくは見なくていいなー」と思うと、自然と笑みが浮かんだ。「それでは、書いて書いて、書きまくるぞ！」……と勢い込んだが、主婦の土日はある意味戦争。朝から晩まで子どもたちが、誰がたたいただの蹴っただのとうるさい。あげくの果ては「ハラ減った」である。結局一行も書けなかった。

おまけに娘がおもしろいこと言うと、主人がすかさず、

「よし丸、気をつけろ。そんなこと言ったらお母さんのネタにされるぞ」

と言う。「ネタ帳、ネタ帳～」とノート片手の私は苦笑い（すでにネタ帳があるのがすごい！）。

「書いちゃダメ？」

「ママ、いったいなに書くつもりなん？」

とノートを取り上げられた。しかし待てよ？　こんな調子で実際にあった会話なんかを書きたいとき、いちいちその人にお伺いたてなきゃいけないのかなー……。そういえば何年か前、「その小説に出ている女性は私だ。勝手に人の人生書いてくれるな」なんて問題になっていたっけ。小説家も大変だな。そういう仕事をしていたら友だちなくすのかな？

ちょっと不安。でも、私プロじゃないし、「捕らぬ狸の皮算用」かしらね。フフフッ。

主婦

アンケートや申し込み用紙に職業の欄がある。そこに「主婦」と書くとき、どれだけの女性がこの瞬間ため息をつくのかな、と思う。かくいう私もそうだ。

前に雑誌で読んだことがあるが、家事を賃金換算すると、けっこうな金額になるそうだ。たしかに労働はなかなかたいしたものだ。けれど誰にも評価されない。人間はいくつになっても、頑張った証に誰かに認められたいものだ。「立派だね」と誉められたいものだ。主婦にはそれがない。

もし子どもが事故や大病をした場合、母親の監督不行き届きだと責められるだろう。しかし、子どもが有名大学に合格しても、偉い賞を受賞しても、それはその子の実力で母親の手柄ではない。当然のことだ（最近勘違いもはなはだしい人も多いようだが）。主婦や母親とはなんと地味な役割なのだろう。

「社会でも認められる存在になりたい」

それにはやはり職探しだ！　雑誌やネットで調べてみる。幼稚園の子どもがいる私にとっては時間が限られている。土日・祝日・夏休みなどの長期の休みも働けない。そんなわがままなヤツはだれも雇ってくれはしない。そこで子どもが大きくなるまでの間自分を磨くことにする。「なにか資格を持っていれば就職に有利なはず」と私は考えた。

一番に思い浮かんだのは、図書館司書だ。本が大好きな私は前々から書店か図書館で働きたいという夢があった。ネットで調べてみたら、国家公務員の試験を受験しなくてはならないので、年齢でアウト！「なんてこったー！」どうして大学を選ぶとき、将来のことを考えて専攻を選ばなかったのだろう。

実は私は管理栄養士・栄養士・衛生士などの資格を持っている。学生時代は病院で栄養指導をすることを夢見ながら勉強したのだ。しかし現実はそう甘くなかった。積極的に時間を設けて患者に対して栄養指導をおこなっている病院は少なく、給食のおばちゃんの仕事がメインになってしまう。資格なんかいくつ持っていても、それを生かせる職場に就かなければ宝の持ち腐れである。同じように図書館司書の資格を持っている友だちがいるが、本人は図書館で働く気はまったくなさそうである。

「あなたに貸してあげたいほどよ」

と言ってくれる。「交換ってのはどうですか?」なんて、人生うまくいかないものだ。

最近、簿記二級の勉強を再開した。父の会社の経理をしていたので、三級を取り、続いて二級もと気軽に始めたのだが、子育てが忙しくて中断していた。その会社も父亡きあと存在しないので必要はなくなったのだが、通信教育に払ったお金がもったいないし(平凡な主婦はとってもケチ)、途中でやめるのもなんだか勉強に負けたみたいで悔しくて始めた。再就職のときも有利かもしれないしね。

要するに何かをやり始めたかったのだ。

本音を言うと、私はお金の計算が大の苦手だ。だから一日に二時間も勉強できない。昔からそうだが、わからないとすぐに眠くなる。こんなことで来春の試験に合格できるのか? と不安になっていたところへ例の電話がかかった。私はすぐに飛びついた。

「安易なほうに流されやすい性格なんです」

でも再就職の道は険しい

「好きなことやってお金もらえたら最高やん」

そう、誰だってそんな仕事に就きたい。でも現状はみんな食べるためにしかたなく働いている人が多いと思う。そのうち自分が仕事に対してどんな夢を持っていたかさえ忘れてしまうのだ。

私は就職のとき、まず収入を考えた。バブル絶頂時、早く経済的に自立したかった私は好きとか嫌いより高収入を求めたのだ。それなりにやりがいもあり、周りの人たちにもとても恵まれ、楽しい職場だった。

しかし結婚して子どもが生まれるとあっさり辞めてしまった。その会社は働く女性にとても理解があり、「続けて欲しい」と上司にも言われたが、幼い子どもを人に預けてまで続けたい仕事ではなかったのだ。というとカッコいいが本音を言うと、直属の上司と馬が合わなくて、子どもが熱を出して休むたびにその人に「すみません」というのが嫌だっただけである。いま思えばもったいない話である。主婦になってしまったいまの私には、とうてい稼げないようなサラリーを棒に振るなんて……。

思うにその仕事が本当にやりたいことではなかったから、辞めたのだろう。私はお金より小さな家庭の幸せを取ったのだ（きゃーカッコつけ！）。

しかし年を重ねていくと、また働きたくなる。今度はお金なんてどうでもいい。家事もやって、お母さんもやって空いた時間に好きな仕事がしたい。なんて贅沢な！

どうして若いとき、二十年、三十年先を考えて就職先を探せなかったのだろうといまごろ後悔する。

「手に職でもあればなんとかなるのに」

「資格さえ取っていれば今ごろ……」

そう言ってママ友たちとため息をつくのだ。

最近やりたいと思っている図書館司書も、二十歳そこそこの頃はなんか陰気くさそうで、「あんなん暗い女のする仕事や」なんて思ってまったく興味がなかったのも事実だ。人間、年をとるごとに考え方も変わるものだ。だから、そういう時間的経過に左右されない絶対的に自分の好きなこと、いわゆる「夢」が若い頃からはっきりしている人は遠回りなしに夢につき進める。でもみんながみんな、初めからそんなもの持っちゃいない。ちがう人生を歩んできて、その途中でそれを発見できる人もいる。私の知人で、早期退職して好きな陶芸の道に進まれた方がいる。「それって理想やん!」と思う。

自分が本当にやりたいこと、好きなことがわかった人は幸せである。もしかしたら、

「でもその夢がかなわないことだってあるじゃない!」

と誰かにお叱りを受けるかもしれない。でも私に言わせればそんなもの、まったくない人に比べればずっといいに決まっている。

「結婚したから、女だからといっても人間には手がふたつあるんです。欲しいものがあればどんどん取っていけばいい。こちらの手がいっぱいならもうひとつの手があるじゃない。我慢しなくても、家庭だって仕事だってどんどんその手でつかんでいけばいい。それでも足らなかったら足があるじゃないの」

結婚式のとき言われた言葉を今ごろ思い出す。

ひとりっ子の私は自分の家族がたくさん欲しかった。だって、もし両親が亡くなったら、あとは子どももしか自分と血の繋がっている人間がいないってことになる。それは寂しすぎ

るではないか。だから十年間せっせと働き蜂が巣作りをするように家庭を築いてきた。これはまさしく私の若い頃からの夢のひとつだった。妊娠・出産を繰り返すその頃は両手両足でも足りないくらいの忙しさだった。でも子どもがある程度成長すると、現状だけでは満足できなくなる。子どもは勝手にどんどん大きくなる。

親の想像をはるかに超えて、羨ましいくらいきれいになったり、賢くなったり、たくましくなったりするものだ。気がつくと自分だけおいてきぼりをくらったような気がする。

「そのうち、家事しか能のない私を子どもたちはバカにするようになるわ」

ひとり、勝手に被害者妄想に走る。そうならないためにも、何かしなければ。十年選手の専業主婦なら少なからずそう感じていると思う。しかし現状は苦しい。家事だってばかにできないほどやることは多いし、習い事にはお金がかかる。働くにしてもだんだんと年齢制限に引っかかってくる年頃だ。抜け出せない底なし沼にはまってしまったような気分になる。そしてあきらめる。

「このまま《おばちゃん》から《おばあちゃん》になっていくんや～」

私もあきらめかけていた。それに最近、鏡を見るのがコワイ。寄る年波には勝てないというか……笑いジワを発見したときはもうたいへんだった。ショックでしばらく鏡の前でボーゼンとしていた。

「ねえねえ、この口のそばにあるシワ。いつからあったんやろう」

主人に聞いても、

「前からあったんじゃないの」

とそっけない返事。年をとったらシワのひとつやふたつ当たり前だというのが主人の意見だが、シワがひとつ増えるたびに渋さが増していい顔になるのは男だけだろう。女はそうはいかない。マリリン・モンローの亡くなったときの写真をテレビで見たことがあるが、彼女が自殺した理由がなんとなくわかる気がした。若い頃との顔のギャップが激しすぎるのだ。それは、若い頃もいまもたいして変わりのない私が、あんまり落ち込んではいけないなーと思うほどだった。

そう！　なんたって人生八十年の時代。私のお茶の先生は八十歳をゆうに超えていらっしゃるようだが、凛としていてとても美しい。着物の着こなしもおしゃれで書や茶花にも通じ、しかも奥ゆかしくていつも初心を忘れない素晴らしい方だ。こんなふうに美しく女らしく年が取れれば……四十歳間近の私は先生の半分も生きていない。そんな長い残りの人生をただ家族の幸せを見つめるだけで、自分は死んだように暮らしていっていいのだろうか。子どもだっていつも元気に何かに一生懸命取り組んでいるお母さんのほうが、好きなんじゃないかなと思った。

友だちの言葉が気にかかる。

「主婦が手っ取り早くトキメキを手に入れるには、恋することなんだって。雑誌に載ってたわ。でも私は恋以外の何かを手に入れたいのよ」

六歳と二歳の子どもを抱えながら通信教育で保育士の資格を取得中の友だちもいる。彼女らに刺激を受け、私も久しぶりに両手両足をむっくりと突き出して、ジタバタしはじめたというわけだ。

「蜻蛉日記」―こうはなりたくない蜻蛉のような女―

随筆といえば『枕草子』か『徒然草』よねー、ということで図書館へ行ってみた。

午前中の図書館は皆勉強している人が多く、整然としていて好きだ。学生たちに交じって幅広い年代の方たちが勉強されているその姿もいい。私もお仲間に入れてもらって少々偉くなった気分。ひとくちに『枕草子』といっても探してみるといろんな本があるので、その中から選んでいると、

「ん？　蜻蛉日記。私のは随筆っていうたいそうなものよりどっちかというと日記だな」と思い、『蜻蛉日記・和泉式部日記』という本も借りてきた。

これが読んでみるとてもおもしろい。声を出して笑ってしまう箇所もある。

夫の不審な行動が気になって下男に後をつけさせると「やっぱり女の所へ通っていた」なんてくだりは、現代の妻でも興信所を使ってやりかねない。まったく千年以上たっても

男女の仲って変わらないもんだなと思うとおかしい。

ちなみに私は古典の成績はさっぱりだった。今回借りたものは「わたしの古典シリーズ」で、とても簡単な文章に現代訳されているので、こんな私でも笑いながら読めるのだ。

「あんなー、蜻蛉日記の作者って名前わかれへんねんで。藤原兼家の妻で、道綱の母ねん」

と主人に言うと、そんな有名な本を書いてるのに名前がわからんなんておかしいね。ということになり少し調べてみることに。

「じゃあ勅撰和歌集には名前どう書いてあるの」

「やっぱり右近大将道綱母やわ。昔の女の人ってさー、本名が世に出てないっていうか『源氏物語』でもそうやけど、三番目に生まれたから女三の宮とか。大君や中の君とか。それから、朝顔みたいに清楚で賢い人だから朝顔の君って呼ばれたり、ニックネームってとこかな？」

いい加減な解釈ではある。ちなみにうちにある三十年前くらいの百人一首にも右大将道綱母と書いてあった。

「嘆きつつひとりぬる夜の明くる間は　いかに久しきものとかは知る」という恋人を待つ

暗～い恋の歌である。

実際私もこんな著名な人の本名が記録に残っていないのは、当時の女性の地位の低さを物語っているようでとても残念だ。ついでに付け加えるなら、和泉式部も童名は御許丸だが実名は不明だそうだ。和泉は、和泉守橘道貞という人と結婚したそうでそう呼ばれるようになった。勿論、式部は女房命（江式部と呼ばれていた）である。簡単に訳すと「和泉守道貞の妻でしかも式部の仕事をしている女性！」ということになるのか？　悲しいかな、女はいつも父親や夫の付属品のように扱われてきたのだ。あるときは父の出世のために政略結婚までさせられて。

さて兼家の妻になる前の彼女は、藤原倫寧《ともやす》の娘だったのだが、本朝三美人といわれ、歌人としても勅撰和歌集に名を連ねるほど有名だった。本人いわく、「藤原北家の血を継ぐ者」としてプライドもかなり高い。そんな世間知らずで学識ばかりある高慢ちきな姫と、今をときめく右大臣の若君（当然お坊ちゃん育ちのわがまま男）が結婚したのだからうまくいくはずもない。執拗なラブレターを何度も送りつけてやっと夫婦になったというのに彼女に子どもができたら浮気を始めた。女が死ぬ思いで（その頃は、産後の肥立ちが悪く死んでしまう人も多かったはず）子どもを妊娠・出産している間に浮気をするなんて、夫として、父親として最低である（しかし現在もこのパターンの浮気はものすごく多いらしい）。一夫多妻制であったにせよ、もっと妻に対するいたわりの気持ちが欲しいものだ。

「男ってやつは千年たっても進歩がないのか」とがっかりさせられる。

彼女はかわいいタイプの女ではないので、浮気を重ねる兼家を憎むがゆえ、たまに会ってもつんけんしてばかりである。こうして兼家の足もだんだんと彼女の家から遠のくのであった。しまいには一人息子の成長だけが彼女の生きがいになる。（こういう人いるよね、今でも。子どもがいい学校へ進んで、出世してくれるのだけが生きがいな母親って）夫に疎まれながらもそのまま結婚生活は続けるが、とうとうある時、この結婚生活の暴露本ともいえる『蜻蛉日記』を世に送り出すのだ。

「身分の高い人に嫁いだ女の生活ってこんなものですよ」と世間の人の参考になればと冒頭で言っているが、彼女も本妻（兼家は終生本妻をおかなかったそうだ）ではなかったので、まるでよく女性週刊誌に掲載される「愛人の告白」にも通じるところがある。

それなのにタイトルはしおらしく、「あるかなきかの心ちする」という作中の箇所から、あるのかないのかわからない蜻蛉のようにはかない身の上を記す日記と言い切るところがスゴイ。

また自分の夫を寝取った（彼女はそう思っている）身分の低い女が子どもを身ごもると、やはりその女も夫から見放されたらしい。この噂を聞いて「いい気味だ」と思ってしまう。そのくせ先に夫との間に子どもをもうけている時姫に「あんな身分の低い女に（夫を）取られておたがいやってられませんね」みたいな親しい気持ちで手紙まで出してしまう世間知らずぶり。返事は「（夫がうちに来ないのは）それはあなたの家に行っているからだと思っていました」とつれない。彼女は時姫と寂しい気持ちを分け合って慰めあいたいと思っていたが、みごと失敗。自分勝手な女のエゴがおかしい。そんな彼女も三十代半ばで年下の貴公子から淡い恋心を抱かれたりもして、「いったいどうなるんや？」となかなか盛り上がりもあるし、男性はともかく、私と同年代の女性ならきっとおもしろいはず。

三姉弟

「三人もいるんですか子どもさん？　大変でしょう」

よく言われるセリフだ。

子育ては算数と違う。子どもが二人になると、しんどさは二倍になるかというと、そうじゃない。同じだ、たいして変わらない。三人になるとどうか？　二分の一とまでいかないにしても、かえって楽になる。

その理由。長子が下の子をしつけてくれるから。しかも自分が言ったことをそのまま、口調まで同じだ！

よし丸が妹をしかっているのを聞くと、彼女に私が乗りうつっているようで、ちょっとおぞましい。

そして、「私ってこんなふうに彼女を叱ってきたのか。ごめんね、よし丸！」と反省する。

また、天気が悪い日や、友だちと遊べない日など、決して「お母さん遊ぼう」とは言って来ない。とりあえず、三人でなんとなく遊んでいる。お留守番もお手のものだ。小さい子二人だと、心配で置いて行けないが、「六年生がいるんだから」と強気になる。

勉強も三人でいっしょにやると、お互い牽制しながらなのでけっこう進む。どうやら小学生二人は、自分たちが勉強してケンだけ遊んでいることが許せないらしい。そこでよし丸は一生懸命ケンにひらがななどを教えるのだ。助け合う姉弟、なんと微笑ましいことか。また、私が忙しくて時間のないときは、総動員で手伝ってもらう。洗濯・掃除はもちろんのこと、料理だって分担でやってもらう。五歳のケンでも、ウインナーを切ったり野菜を炒めたりできる。

いやー、いつも助かっています。ありがとうね、みんな。

出産のため、会社を辞めるとき、引継ぎのための資料をいろいろ作った。

「もしなにかあったら、家で暇してるし、電話で聞いてね」

結局、電話は一度も来なかった。人ひとり抜けても企業には代わりがいくらでもいる。

しかし子どもには？　母親の代わりはそう簡単に見つからないんだな、これが。

「和泉式部日記」ーこんな風には生きられないよ、恋多き女ー

『和泉式部日記』は『蜻蛉日記』の続きにあったので、寝る前に何気なくページをめくった。

しょっぱなから、いまどきの昼ドラのような展開にびっくりして目が覚めた。彼女の身の上がすごい！　今なら「波乱万丈」とかいうテレビ番組に出演できそうなのだ。先にも少し紹介したが、彼女は和泉守橘道貞の妻で女の子をもうけながらも、天皇家の息子（冷泉天皇第三皇子弾正宮為親王）から求愛されて離婚。そのため、実の父親から勘当され、一人娘とも引き離されてしまう。

一夫多妻制では男は何人愛人を作ってもいいが、その逆は成り立たないようだ。離婚の原因は主に道貞の女性関係にあったとされているにもかかわらず、式部一人が悪

者にされるのは不公平な話だ。一人ぼっちになった彼女にはもう宮様しか頼る人がなかったのだが、三年後、彼は流行病であっけなく二十六歳の生涯を閉じる。それも、「疫病が流行っているというのに式部の家へ毎夜お出かけになるから宮様は病気になったのだ」などと世間からは冷たい目で見られてしまう。とにかく悪女のレッテルを貼られてしまった彼女は宮様のことを思いつつ、一人侘しく暮らすこと約一年。ある日宮様の実弟、帥宮《そちのみや》様から橘の花を贈られる。

「なんですとー？」

ここで私は一気に目が覚めた。事実は小説より奇なりというが、この話は和泉式部本人が書いたとされている（藤原俊成が書いたという説もあるが、はっきりはわかっていない）。彼女の身に起こった実話なのだ。ただの恋愛小説だと「たらたらとした話やなー、さっさと結婚したら？」とか「別れちゃえ」なんてすっかりこのテの話に感動しなくなったおばちゃんの私でも、千年も前に実際にあったことだと思うと、「当時の宮様はなんと優雅な、式部に会いに行くためにお香なんぞ焚き染めちゃってー」なんて思ってしまうから不思議である。

実話ではないが『源氏物語』も舞台が平安時代の宮中で、作中に和歌がちりばめられ、当時の貴人の季節に対する細やかな心配りや恋愛センスが今と違ってとても素敵だ。『かぐや姫』から始まって、いくつになっても女ってやつはお姫様モノに弱いのだと思ってしまう。

このとき、返礼に詠んだ歌を見て帥宮は噂にたがわぬその筆の見事さと、即興で詠んだ歌の上手さにすっかり惚れ込んでしまったようだ。熱烈なラブレターをもらったものの、「愛した人の弟なのだから、彼を身代わりにして想ってはいけない」などと自分を抑えていた彼女も寂しい身の上ゆえに、だんだんと帥宮に心が傾く。

このようにして二人は恋に落ちてしまうのだが、宮には正妻がおり、式部は身分が低い上なにかと男の噂が絶えないので、宮のまわりの者は大反対。彼くらい偉くなると、外出もままならないらしい。

この障害のある恋を支えたのは手紙と歌のやり取りである。

帥宮との間が疎遠になり、悲しい気持ちで式部が石山寺に籠ってしまったときのこと。帥宮も最近ご無沙汰していたなと思い、文を小舎人童《こどねりのわらわ》に持たせたら不在だと知る。びっくりした帥宮は翌日改めて童に京都から大津まで、文を持って行かせる。

「どうして黙って行ってしまわれたのですか。こんなにお慕いしているのに、いつお戻りですか」

という内容である。宮の心を嬉しく思いつつも、

「こんな遠いところまで、文を下さったのはどなたでしょうか。つらいことがあって山に籠りましたのでそうそう帰れません」

みたいなつれないことを書いてやると、それを読んだ宮はムキになって

「苦しいだろうが、また行ってくれ」

と童に言って、返事を持たせた。「帰れ」「帰らない」「そう言うのなら迎えに来い」などとやり取りがあり、まるで人力メール状態なのだ。そのたびに使いに出される童はいい迷惑である。この童、最初に橘の花を持って式部のところへ行った者で、前は為尊親王(宮の兄)に使えていた。式部のこともよく知っているのできっと宮からも信頼されているのだろうが、それでも彼が手紙を持って何度琵琶湖を見たことかと思うと、気の毒でならない。

現代、私たちの生活に携帯メールは必要不可欠になり、日々進化している。これって千年も前から日本人の遺伝子に組み込まれていたものなのかもしれないなーと感じる昨今である。

平安の世、宮仕えはたいへん！

平安文学を代表する名作『蜻蛉日記』や『和泉式部日記』についてかなり下世話な話をしてきたが、これはあくまでも「小難しく考えず読んでみては？」という気持ちをこめてのことだ。本当に和泉式部が好色で、次から次へと恋人を替えていったと思われると少し困る。

当時の女性はたとえ皇族の血を引いていたとしても、強力な後ろ盾がないとろくな結婚もできないという、行く先不安な人生を歩まねばならなかった（『源氏物語』の紫の上がまさにそうだった）。逆に父親が藤原家のような権力者だと、天皇家に嫁ぎ、中宮（次期天皇の母親で、后の中で一番位が高い）の座にまで登りつめる可能性も開けるのだ。

けれど、たとえ身分の高い人と結婚できたとしても、男性が女性の家を訪問する「通い婚」なので、男性の足が遠のいてしまったり、亡くなってしまえば、『源氏物語』の末摘花のように屋敷は荒れ放題、新しい着物も炭も買えない悲惨な状況が待っている。

和泉式部は帥宮の死後、藤原道長の懇請により中宮彰子（紫式部も仕えていた）に仕えた。それをきっかけに道長の家司で式部より二十歳ほど年上の藤原保昌と結婚したのも自然の成り行きだったようだ。いまの時代でも女一人で生きていくには大変だが、当時はもっと困難な時代だったのではないだろうか。そして後宮には女官たちにさまざまな男性が文を送り、いわゆるサロン的な華やかさが求められていたようにも思う。つまり、殿方から興味も持たれないような女では勤まらないということになりそうだ。清少納言も『枕草子』でこう言っていた。「いい年頃になったら、ぶらぶらせずに宮仕えのひとつでもして女を磨いてみたらどうか」と……。

けいさん

最近、数に興味を持ち始めた息子が私に聞く。

「3たす3は？」

「6」

と答えると彼は得意顔で、

「ブッブー！　正解は、サンタさんでしたー」

クリスマス前後によく出された問題だ。ふつうに答えが6の場合もあるので、初めに「イジワル問題ね」と断ってから出題してくれるところが男の子のかわいいところだ。また、

「6たす6は？」

「12」

と答えるとさらに、

「12たす12は？」

と聞いてくる。

「24」「24たす24は？」「48」「48たす48は？」「96」……幼い子どもほど容赦ない。私もいったいいくつまで答えられるか少しワクワク。192・384・768。

ここらで子どものほうが出題できなくなる。が、しかし私は意地になって計算する。1536・3072・6144・12288。さすがに5ケタになると自分で出した答えを忘れてしまい、次の計算ができなくなる。初めて問題を出されたときは、3ケタあたりでできなくなった。いつも聞かれていると、少しずつできるようになる。「計算って慣れなんだ」と今頃気づく。少々さびついてきた頭にはいい運動だ。そうして慌てて子どもに百円均一で買ってきた計算ドリルを鬼のようにやらせる私。

「計算は慣れやぞ！　わかってんの？」

朝の始まりはコーヒーと新聞

年のせいか朝、コーヒーを飲まないとそのあとの活動ができなくなる。

三十代前半までは朝は牛乳だけで済ませ（もちろんご飯はモリモリ食べる）コーヒーといえば友だちが遊びに来たとき、淹れて飲むくらいだった。

しかし今はちがう。カフェインを摂らないと、突然眠くなるのだ。運転前なんぞは怖くて出る前にまた飲み直すほどだ。心なしか一回に飲む量が少しずつ増えてきたような気もする。体が慣れてきてだんだんカフェインが効かなくなってきているのでは？　と想像するだけで恐ろしい。子どもたちが出かけたあと、めいめい食べ残した朝ごはんを「モッタイナイ」などと言いつつ平らげ、「とりあえず今朝も無事に終わった」という充実感とともにコーヒー片手に読む新聞は格別である。

政治・経済面は苦手だ。株を持っているくせに、ちゃんと見ないし、研究もしないからけっこう損をしている（誰か助けて！）。

最初は一面を読むが、サッサとテレビ欄に行く。子どもに頼まれたアニメの予約録画をしなくてはならないからだ。

でもなんと言っても好きなのが、ドラマのあらすじのコーナーだ。実際見るドラマは週に二本くらいだが、他の番組はこのあら筋を読んで見た気分になる。少し気になるドラマがあれば、第一話と最終回を見ればだいたい全編がわかる。夜も子どもの世話で忙しい主婦は、そんなにたくさんテレビを見ていられないのだ。子どもが九時に寝るとしても食事のあとかたづけや洗濯、明日の準備。あっという間に寝る時間だ。かといって録画して見るほどでもない。だから私みたいに紙面でドラマを楽しんでいる主婦は多いはずだ。それにどんなドラマなのか詳しく知りたいときはていねいに教えてくれる友だちが必ず二、三人いるので、もし都合が悪くて見逃したときも大丈夫。

話題のドラマを知っていないと、主婦仲間の会話にもついていけない。そのドラマを見ていない者には口を挟むことすらできない、ときには議論にまで上り詰めるドラマの話はお茶するときの主婦の必須アイテムだろう。

この話題、必ず好きな女優や俳優の話にも発展し、話すその人の好みや考え方までわかってしまうなかなかのスグレ物だ。まだ知り合ったばかりで少し緊張気味だった相手にも、これがきっかけで一気に親近感が湧いたりもする。最近、一番盛り上がるのはやはり仮面ライダーシリーズかもしれない。テレビ局も視聴者である子どもの母親を意識してか、ジャニーズ系の容姿を持ついまふうの若者が主役になっていて、しかも主人公らしき人物が最低二人は存在する。それに性格が正反対だったりして、なんだか「どちらかお好みのほうを」と言われているような気がする。

みんな作り手の罠にまんまとハマッていっていないだろうか？　筋金入りの初代ライダーファンの私から見れば、「ストーリーのほうも手を抜かないでね」と言いたいところだ。

おっと、新聞の話だった。次に記事の下のほうにある雑誌の広告。これがまたすごいタイトルが書いてあったりしておもしろい。タイトルだけで読んだ気になる。

「だってそんなのたいがいがウソだし、買ったら家の中で邪魔になるしね」

きっぱりと友だちも言う。まあぜんぶを鵜呑みするしろものではないが……。

たまに興味のある記事があれば、本屋へ行ってそこだけ立ち読みする（ケチな主婦と言わないで！）。写真が綺麗なファッション雑誌だと買うときだってある（言い訳がましい）。母は週刊誌を美容院へ行ったとき、まとめ読みするそうだ。

また、若い世代の主張の欄なんかもいい。「最近の小学生は挨拶をしない」とか「学校は進学塾では得られない人間関係を築いたり、集団生活について学ぶことができる貴重な場所である」など、いまの若者は年上の私なんかよりずっと真剣に社会や教育問題について考え、しっかりとした意見を持っているようだ。ときに親として子育てのあり方を考えさせられたりもする。

子ども記者と称して、小学校高学年くらいの子どもたちがリポートするコーナーもなかなかおもしろい。よし丸は六年生だがまったく新聞を読まない。見るのはせいぜいマンガとクロスワードパズルくらいだ。しかし、同じ年頃の子どもたちが取材したものだと少しは興味が湧くのでは。活字離れといわれて久しい子どもたちだが、毎日自分なりのトップニュースを切り抜き、学校で発表している熱心な子どもだってたくさんいる。小学校教育もなかなか捨てたもんじゃない。

どの新聞でも曜日で特集が決まっていて、そういう中でおススメの本のコーナーがある。一時期ここで気に入った本を片っぱしから読んでいたことがあるが、残念なことにハズレが多い。まあ十人十色。紹介された本をみんなが好きになれるわけがない。ただ、このコーナーの良いところは、紹介してくださる作家さんのことをいろいろ知ることができるところだ。

「この怖そうな本を薦めている人はホラー作家なのかな」

次に書店へ行くと「あっ、あの人だ」なんて作品を手にしたりする。嶽本野ばらの『鱗姫』だった。

「ちょっと楳図かずお的やなー」

しかしそこから広がる世界のほうがおもしろかったりする。こんなことでもないかぎり、主婦の私が嶽本野ばらを知るきっかけなんてないだろう。

私は文中に出てくる本や、映画の中で登場する映画やビデオが気になって、すぐに読んだり見たりしたいタチだ。

たとえば『めぐり逢えたら』の中で、主人公のメグ・ライアンは友だちと『めぐり逢い』を見て泣く。そうすると、すぐ主人にビデオ屋で借りてきてもらう。

また、『海辺のカフカ』の登場人物が、

「公大トリオの演奏は格別だ」

なんていうとすぐさま図書館へ走って借りてくる。（最近の図書館はクラッシックのCDも貸し出してくれるとても便利な所だ）

困ったことにある作家が好きになると、その人の作品ばかり一気に読んでしまう癖がある。同じ人の作品だと作風が似ているから、話が頭の中でごちゃ混ぜになってしまう。サガンの本などはぜんぶ「若くて綺麗な女が恋愛していろいろあったけど、女は強いし、別れは切ないなー」という感じで記憶の中に整理されている（間違っていたらごめんなさい。あくまでも、私の持つイメージですから）。

ストーリー・テラーといわれたモームの作品もスマートな口調でしかもちょっとミステリー。大好きな作家なのだが、それぞれの話と結末が思い出せない。

サリンジャーもフラニーとゾーイがバナナフィッシュでごっちゃごちゃ。これは暇を見てもう一度読み直さなくてはいけないと思っている。

そういえば高校の頃、ショートショートやＳＦ（星新一や眉村卓）の次は難解な本、次は文芸作品というローテーションを組んでいたことがあったが、やはりこの頃読んだ本のほうが心に残っているようだ。

特技は立ち読み

私には得意なことがある。それは立ち読みだ。

子どもの頃は漫画（『ベルサイユのばら』を二〜九巻まで一気に読んだことが自慢）だったが、今は立ち読み防止のためかビニールがかかって読めないので、もっぱら小説やエッセイなどを読む。書店回りは私の趣味のひとつである。少し時間ができるとどうしても足が勝手に向いてしまう。どんな本が並んでいるのか見るだけでも楽しいし、タイトルや帯についている推薦文がおもしろい。

「この人、いやいや書いてるんちゃうかー」とか「ほんまに読んだんかい」なんてつっこみを入れながら……。

それに書店に行くと、今どんなものが流行っているかひと目でわかるので、テレビをあまり見ない私には一石二鳥なのだ。

しかし主婦はとにかく余分なお金がない。おもしろいかどうかわからない本のために、高いお金は出せないのだ。

だからいつも図書館で借りるのだが、近くにある図書館は新しくてきれいなくせに新刊や話題の本がとにかく少ない。人気の本はネットで予約しても約三週間待ちである。だから書店で目についた本はまず読んでみる。じっくり読みたいものはさっとタイトルを控え、あとで図書館へ行って借りる。

しかしこれがとても恥ずかしい。別に万引きしているわけではないのだが、ついコソコソしてしまうのだ。（実は私はひとりっ子で小心者なのである）そうして借りるほどでもないなと判断したものや、図書館であまり置いてない文庫はその場で読んでしまう。

大の大人が書店で立ち読みできる時間はせいぜい一時間。あまり長く立っていると腰も痛くなるし、やはり恥ずかしいではないか。どんなに長くてもその時間内で読むぞと決めればどうにかなるものである。新聞の広告によくある速読を習ったわけではないが、私独自のナナメ読みですっ飛ばして読む。

ではどうやって読んでいるのか考えてみると、ハウツー本なら小題を見て興味のある章だけ読む。小説は主に会話を追いかける。エッセイは漢字を拾って読んでいるみたいだ。

特技は立ち読み

あとは気合いと根性！

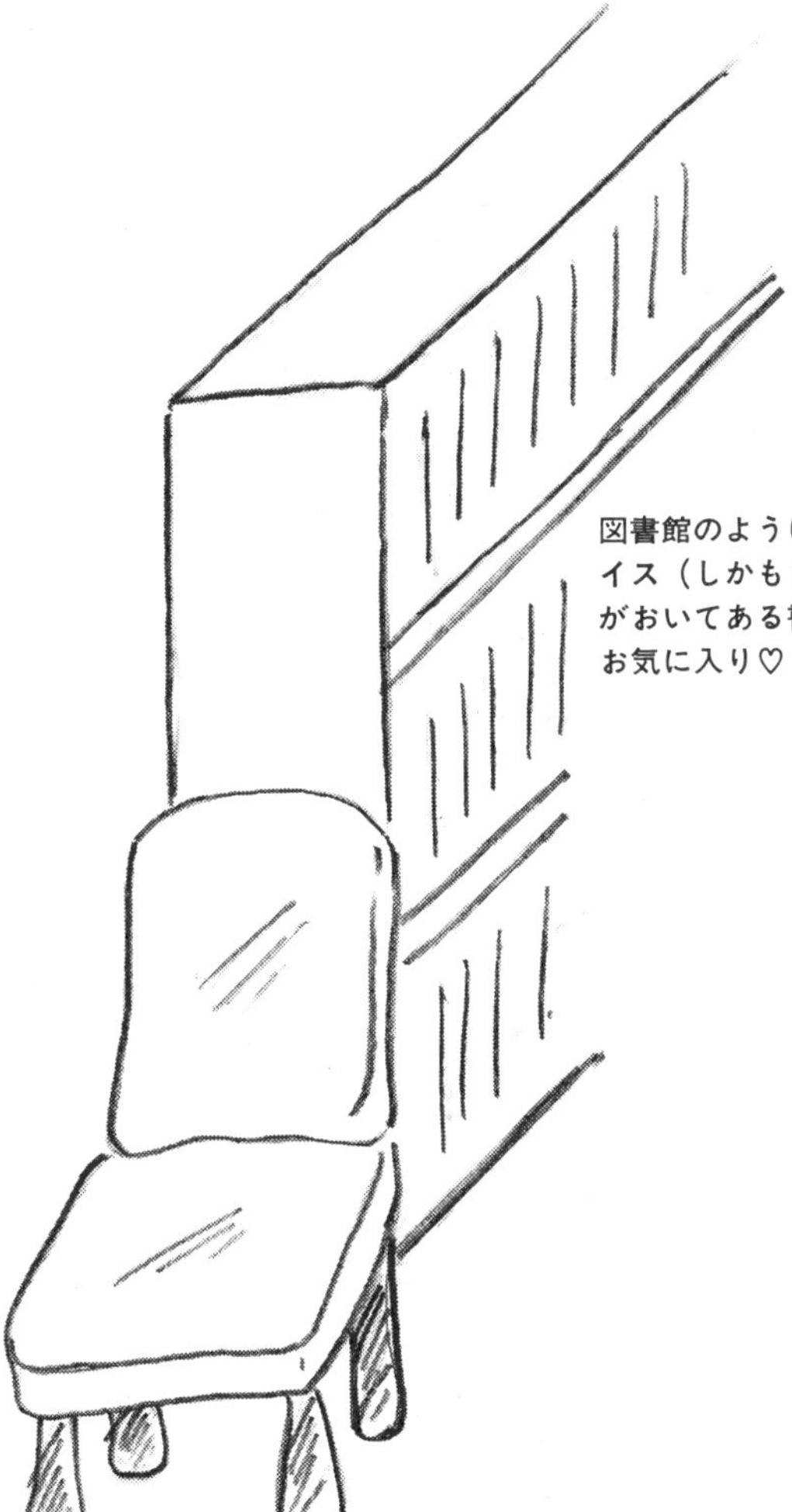

図書館のように
イス（しかもゴージャス！）
がおいてある書店が
お気に入り♡

母の病気は御法度です

私は朝目覚めた瞬間からテンションが高い。低血圧だから朝が弱いというのは起きられない人のいいわけである。実際私は血圧が低すぎて「二十歳の献血」を断られたことがあるくらいだ。

そんなことはどうでもいいのだが、今朝はいまいち調子が出ない。

この低調さ加減は昨日の晩から始まるのだが、夕食後、激しい腹痛に襲われた。立ってトイレに行けないほどだ。ちょうど九時になったので、子どもといっしょに布団に入った。(布団は子どもたちに敷いてもらった。「ありがとうよ、よし丸」)おそらく子どもたちより先に寝てしまったと思う。不思議なことだが、「寝なさい」と言って電気を消しても三十分やそこら、ふざけたりひそひそ話したりして、なかなか眠らない我が家の子どもたちが、たまに疲れていたり眠かったりでいっしょに寝るとすぐに寝てしまう。やはり母親と眠ると安心するのかな？　まあ私の場合は子どもをほったらかしで先に寝ちゃうけど。

ぐっすり眠ったおかげか腹痛は治っていた。「九時間も寝てしもた！　久しぶりや」普通の人ならここで「今朝はなんてすがすがしいんでしょう！」ってことになるだろうが、睡眠時間が多いとかえって調子が悪い。それに「今からドラマが始まるよ」と何度も母がメールで知らせてくれたのに、起き上がれなくて毎週見ているドラマまで見逃した。しかも昨日の夜にやるべき仕事が朝起きるとたんまりと残っていて、気分は最低。「あーしんど」と洗濯物を干していたら、ＦＡＸが届いた。

「なんやろ？」

と覗いてみたら、バーン！　と登場したのは、サラサラヘアーの美男子！

「朝からイラストがむしょうに描きたくなったので。ちゃわんもあらわんとなにしとれん」

私の漫画の師匠からだ。さすが元広告代理店の制作担当！　とっても上手い。

「キャー」

思わず叫んでしまった。俄然元気が出て、

「こんな男前がもし近所に住んでたら、そこいらの空気が浄化されそうでいいねー」

とメールでお礼を言った。

元気になったところで図書館へ行った。その日はいいお天気でとても暖かかったにもかかわらず、館内に入ると寒気がした。首の後ろがやけに熱い。

「しんどいと思ったら、なんや熱あるやん」

できるだけ早く用事を済ませ、家に帰って早速体温を測ってみた。「三十七・八度」これが普通の人なら「あっ微熱だな」ですむが、平熱三十五度というバンパイアみたいな私にとっては三十七度は三十八度くらいのつらさなのだ。主婦が病気にかかると最悪である。いくらしんどくても子どもは待ってくれない。食事を作って、お風呂も一緒に入ってやって、ただただ早く寝てくれるように、さっさと寝支度にかかる。だから私は二〜三年に一度くらいしか風邪をひかない。要するに気合の問題だ。結婚してから過去、風邪で熱を出したのはすべて実家に帰ったときである。ではなぜ今頃ひいたのか？

先日よし丸が扁桃腺を腫らして高熱を出していたから、きっと感染ったのだろう。でも待てよ、これは急に物事を深く考えたり、それを文章にしたので、私の脳細胞が活性化して発熱したのかもしれないとふと、私は頭の中で脳細胞が湯気を出して沸騰している図を思い浮かべた。よし丸は何か度忘れしたとき、

「私の頭の中の小人さんがどんどん知っていることを、頭の隅に持っていっちゃう〜」とよく言うが、きっと私の小人さんも今は暑いにちがいない。

「お母さん熱あるし、おやすみー」

昨日に引き続き、またもや子どもより先に寝る始末。よし丸が布団をかけてくれた。

「持つべきものはしっかりした長女だね」

と彼女に感謝しながら一気に爆睡状態。しかしその晩が最悪だった。

夜中寒くて目が覚めたが、あまりにしんどくて体が動かない。しばらく寒いことは無視して寝ようとしたが、この寒さ、尋常じゃない。きっとまた熱が上がっているんだ。しかたない。起き上がり、セーターを着て靴下を履き、毛布にくるまりその上に布団、またもや毛布という芋虫状態でしかも、次女に抱きついて暖を取った。ついでに誰が一番暖かいか試してみたが、みんないつもより暖かくなかった。おそらく私の体が冷え切っていたのだろう。それでもいつの間にか眠ってしまったようだが、今度は暑くて目が覚めた。「やっと熱が下がったんだ」と思いながらも動けない。もうろうとした意識の中で、「私はやっとのことで布団を押しのけ……」と一生懸命に文章にしている自分に「こんな時まで……職業病だな」と苦笑。今思えばあの頃は寝ても覚めても原稿のことを考えていたように思う。そんなことだからいつまでもただの風邪が治らなかったのだ。

主人にも「あれは知恵熱じゃないか」と後日言われた。

次の日も症状は悪化するばかり。いよいよ日曜日は母が遊びに来る日だ。何とか薬でごまかして駅まで迎えに行く。

「あんたいっつも私がおる時に熱出すなー」

その足で買い物に付き合ったのが悪かったのだろう。夕方からとうとう寝込んでしまった。傍でみんながカニ鍋を食べている。悔しいが、体がピクリとも動かない。

「これはただの風邪と違うかも？　脳炎なんか引き起こしてたらシャレならんで」あわてて座薬で熱を下げる。だいたい子どもが発熱したときもそうだが、四日目にもなると「あの先生、誤診ちゃうかー？　肺炎でも起こしてるんとちゃうの？」なんて医者を疑うようになるか、「もう治らない病気かも？」と絶望のがけっぷちに立ってしまう。すると、翌日から回復に向かうから不思議だ。それがいわゆる「峠」なのかもしれない。

こんなことがあってからは、パソコンに向かうとき以外は原稿のことをあまり考えなくなった。また小人さんが暑くて沸騰してしまっても困るからね。

ポリープって遺伝する?

うちの家系はポリープ持ちだ。父は喉にポリープができて手術で切除したし、母は大腸のポリープをもう三回も取っている。私の場合、ポリープとはちょっとちがうが、甲状腺の近くに水嚢ができて注射器でたまった水を抜き取ってもらったことがある。要するにいらないものがたまりやすい体質なのだ。

「あの時はがんかと思ってヒヤヒヤしたよ」

主人は今でも思い出しては言う。私は麻酔なしで痛みもこらえ、注射器二本分もの水を喉元から取られたのだから、「やることはやったよ。これでがんやったら踏んだり蹴ったりや」とかえって開き直ってしまった。結果は良性(当然!)。家族一同胸をなでおろしたのが二年前だ。

最近、朝起きると声がほとんど出ないことがある。もともと地声が大きいほうだし、子

どもも大声で呼んだりするのでしかたないかな、と思っていた。が、先日テレビで声のハスキーな女優さんが、

「私、なにか変わったと思われません？……そーう！　声が綺麗になったんです。ほ～らこんな声も出るんですよ。Ａｈ～」

と言っていた。喉にできたポリープを取ったそうだ。その瞬間「これや」と思った。

さっそく近くの評判のいい耳鼻咽喉科へ行ってみた。

「声が出ないときはどのようなときですか」

と聞かれて、

「子どもを大声で叱った翌日とか……」

と答えてしまった。そんなこと言いながら子どもたちは病院に連れてきておらず、少し手持ち無沙汰だった。三人もいれば、叱るときのたいへんさもわかってもらえそうなのだが。

「では診てみましょう」と先生に言われ、大きく口を開けると、

「口からじゃなくて鼻からいくね～」

突然黒い管を鼻から突っ込まれてしまった。喉の奥でその管が左右に動くのがわかる。

とにかく早く終わらせてという感触だ。すると、

「ははーん」

先生が得意げにうなったので、「やっぱりあったんや。切るとなると痛いんちゃうかー」と思った。

「声帯にポリープの元になる炎症を起こしています。これを放っておくと、ポリープになるんですよ」

「治りますか」

「お子さんを叱る時はなるべく大きな声を出さないように、それとなるべく短く」

何度も言わなくてもいいのに……「それじゃあ私は毎日毎日、子どもをどなり続けている鬼母みたいに聞こえるじゃないですか、先生！」と私は心の中で叫んでしまった。この評判のいい名医のところにはたくさんの母子連れが順番を待っている。彼女らの視線がなんだか冷たいような気がするのは気のせい？　こうして私の耳鼻科通いは始まった。私に元の美声（？）が戻って来る日も近い。はず……。

二回目の診察で、

「ずいぶんと腫れがひきましたね。このまま大きな声を出さないように気をつけて、うが

いもこまめにしていったら、よくなりますよ」

　とりあえずほっとした。耳鼻科では診察の後にネブライザーをする。最近はほとんどの病院で大人用と子ども用があるように思う。なかにはちゃんと「アイスクリーム味」「バナナ味」「プリン味」と何種類かの中から選べる病院もある。娘に言わせると、「プリン味」が一番だそうだ。ここは一種類しかないようだが（どうやら綿菓子味らしい）子どもだけおいしい思いをするのはズルイ。それでなくても、鼻にゴム製の管をつっこんだまま、子どもたちのなかでじっと座っているのはつらい。口を開けて喉に蒸気を当てているときもどうしてもマヌケ顔になる。その日も隣に座った女の子がもの珍しそうにじっと私を見ている。「なんだってここはこんなに患者が子どもばかりなんだろう？」是非一度、子ども用を味わってみないことには割が合わないくらい恥ずかしい。

　よし丸も子どものくせにハスキーな声をしている。もしやと思い診断してもらうと、彼女の場合は声帯全体が腫れてその箇所が厚くなっていてやはり空気が漏れるため、声がかすれるらしい。小さい頃から少しずつ病状が進行していて、私よりやっかいで治る見込みがないような気弱なことを言われた。「あんた先生やろ、しっかりしてや」と返したくなる。

しかし喉よりも困ったことが……。よし丸は蓄膿だったのだ。こちらのほうが重症。毎週親子で通うはめになった。薬で炎症を抑えていくと、鼻のなかにポリープが見つかった。「またですかい！」放っておくとどんどん大きくなるからと麻酔をして一気に取ってもらった。その日は下を向くだけで鼻血があふれてきて本人もたいへんだったようだ。なのに後日、またまたこれが大きくなってきている。さすがのよし丸も怒った。

「どうせまた出てくるなら、取っても無駄やん。私は二度と取らんからね！」

反論の余地もございません。ごめんなさい。それにしても恐るべきポリープ。やはりポリープは遺伝するのだ！

三回目の診察。

声の調子は一進一退。どうですかと先生に聞かれ、「あんまりよくないです」と答えると、首をかしげながら、

「ほんとに大きい声出してない？」

「はい、もちろん」（ちょっと嘘）

「もう一度診てみようね」

「またですかー？」

思わず叫んでしまった。容赦なく黒い管が鼻から入れられた。今回は先生がうなる！

「前診た時は声帯部分がけっこう腫れていたのでわからなかったんだけど、腫れが引いたあとに一ミリくらいの、ポリープの元ができてるよ」

「まいったな」という顔つきだ。声帯に初めポツリとできたその元が、擦れあっているうちに接着面の同じ場所（相手側）にもうひとつ同じ物ができたそうだ。（これを反対性にできるというらしい）二つの粒が合わさる部分から空気が漏れて声がかすれるらしい。かなりショックだった。

「放っておくとポリープに成長するし、かと言って今は切除するほど大きくないし……こりゃ簡単には治らないよ」

私の美声は当分お預けだ。そしてどーなる？　よし丸のポリープ。

お残しはいけまへんで～

私はすごくたくさん食べる。子どものころから父のきびしいしつけのお陰で、出されたものは残さず食べる習慣があった。しかし、お年頃には、

「そのひと口が豚を招く！」（古いな～）

と言っては、腹八分目あたりでお残しをしていた。（お百姓さんごめんなさい）

それが、二年前からお茶を習い始めたのだが、「お茶会で出されるものはぜんぶ食べられるものでなくてはいけない」と教えられた。たとえば柿の種などは必ず取り除いておく。逆に頂くほうは、皿や碗に食べ残してはいけない。鮎の頭なんぞは自分の懐紙に包んで、小さなビニール袋まで持参して、その中に入れて持ち帰る。食事が済んだら碗は懐紙で綺麗に拭いてから返すほどだ。

「なるほど、お残しはやはりお行儀が悪い」と頭の中にインプットされてしまった。

それからというもの、外食していて食事の量の多いときは、ペースを速めて満腹中枢がいっぱいのサインを出すまでに食べ切る。ふつうのときはゆっくり味わって食べるのだが……。

パン屋さんのランチだと、焼きたてパンが食べ放題という店がある。パン好きの私はそこで十二〜三個食べたことがある。（そばにいた妊婦さんにも食べた個数で勝ってしまった。彼女いわく私は十四個食べたのではないかと……）もちろんサラダやメイン料理付きで。

しかし先日、フレンチのコースを食べに行ったときのこと。優雅な雰囲気でお食事会をしていたのだが、とにかく次の料理が出てくるのが遅い。だんだんと私のお腹もいっぱいになってきた。メインがうさぎの肉だと聞いてもひるまずがんばって食べ終え、最後にボリュームたっぷりのデザートが出てきた。しかしその中のタルトのようなお菓子がものすごく甘くて、とうとう食べることができなかった。

「不覚だった」あれはデザートとコーヒーを一緒に出さなかった店のせいだと今でも恨みに思っている。そこまで完食に命をかけなくてもいいと思うのだが……。

たいがいランチを食べにいくと、

「今日の夕飯はもういらないよねー」

「もう作る気しないから、テキトーにしておくわ」

と必ず誰かが言う。そのときはごもっともという感じでうなずいているのだが、家に帰るとまず子どもと一緒におやつを食べてしまう。それも、ケーキやパンのようなボリュームのあるものばかり。思うに、昼ごはんで胃が拡張してしまい、私の満腹中枢は完全に麻痺してしまっているのかも？　夕飯も自分だけご馳走を食べてきたうしろめたさから、いつもより美味しいものなんぞを作ってしまう。

……そして夜。食べすぎでさすがに胸がムカムカして眠れない。もうこうなったら寝ないで食べたぶん消費するしかない！　中学の時の先生が、

「やせたいんなら、食べんと寝えへんこっちゃ。そしたら絶対やせるでー」

極論ではあるが、一理あるように思う。とにかく体を動かそう。洗濯物を干して、雑巾かけをして翌朝する仕事をなるべく音を立てないようにやってしまう。読みかけの本も読んで、さらにそのうち見ようと撮っておいたビデオまで見る。

こうして私の寝不足の夜は続くのだった。

体にいいこと何かやってる?

昔、エアロビクス選手権のスポンサー代表で高松まで行ったことがある。

今思うと、なぜ私ごとき一女子社員が社の代表なのだろうか？　そうなったいきさつはよく覚えていない。当時イベントの仕事でよく出張し、いつも肉体労働でたいへんだったが、このときはお客様扱いだった。やはりなんといってもスポンサーは偉いのだ！

大会前日はオープニングセレモニーとして、エアロビのレッスンがあった。これはただのレッスンではない。一般のインストラクターが師と仰ぐようなこの道の第一人者が彼らにエアロビの指導の仕方を教えるのだ。大阪からはるばるやってきた私は、着いた早々このレッスンを受ける羽目になってしまった。もちろん準備なんかしていないし、まったくの初心者だ。なのに案内をしてくださったリーダーっぽい女の人は、エアロビインストラクター特有のハイテンションで、

「これ使って！」

とにっこりハイレグのレオタードを渡してくれた。こんなモノ着用したこともない私は、「どこから着るんや？」と小さな布切れを見つめながらぼーぜんとしていた。すると、「あっ、下着は脱いでね」

「えー！　ぜんぶ脱ぐんですか？」

当然よ。という顔をして彼女は去っていった。簡単にレッスンを受けると安請け合いしてしまった私はすでに後悔していたが、これも仕事だとあきらめて会場に入った。

メニューは最初ゆっくり、だんだんハードになっていくが、みんな妙に笑顔。笑顔。笑顔。腕立てしながらの笑顔は少し不気味だ。「こんなにきついのに笑えるか！」と心の中で叫びながら、早くこのレッスンが終わってくれることをひたすら待った。しかし、エアロビクスはこの顔の表情が大事なのだそうだ。いくらうまく踊っても表情が硬いとダメらしい。しかし筋肉隆々の男性選手が笑顔で踊る姿はやはり不気味だった。選考内容はステップとバランス、腹筋や腕立て伏せなどの力技を組み入れて独自のダンスを創作する。チームと個人部門に分かれていたと記憶している。いちおう全国大会なのだ。それも選抜の！

約三十分のレッスンで途中休憩をはさんで二セット。（この休憩時間にわが社のドリンクが出される。そこで商品の説明をすることが本来の私の仕事だった。）今思えばよくついていけたなと思う。

そこで偉ーい師匠が、

「ストレッチは伸ばしてみて気持ちのいいところが、そのストレッチすべき箇所なんです」

「おーそうなのか！　それなら私にも簡単にできるぞ」

これまた目から鱗《うろこ》だった。腕も腰も伸ばすと気持ちいい〜。出産後の運動不足はこのストレッチで解消した。ジムやテニスに通えない子育て中の主婦ができることといったら、家の中でいつでもテレビを見ながらでもできるストレッチくらいしかない。子どもと添い寝するときも肩こりを治すために横になって伸ばしていると、あまりの気持ちよさに昔話をしている途中で子どもより先に寝てしまったことたびたびだ。忙しい時期は体が疲れてきたらやっていたが、最近は毎日率先してやっている。洗濯物を干すときに背伸びをしたまま干していると、「足細くなるかなあ」なんて考えたりしながら（笑）。掃除も洗濯も、ダイエットのためのストレッチ運動だと思えば苦にならない。

私は中学生の時から腰痛持ちだった。どうやら背骨が少しおかしいらしい。急に冷え込むと痛くなる。結婚してからぎっくり腰にもなってしまった。立ち上がろうとした瞬間、腰に力が入らなくなって、そのまま倒れ込んだのだ。そのときは、二、三日歩くことさえできなかった。今でもくしゃみをするだけで腰が抜けそうになる。実際くしゃみをしてぎっくり腰になった友だちもいるくらいだ。

「お母さん、腹筋一回もでけへんねん」

というと家族中の笑いものになってしまった。よし丸でさえ体力測定で腹筋二十回の記録をもっているらしい。娘にバカにされてこのまま引き下がるわけにはいかない。根性で十回くらいはできるようになった。腰痛は背筋と腹筋のバランスが悪いとなるそうだ。これからはいつもお腹に力を入れて生活をすればいいんじゃないか？　とあるとき気がついた。そんな簡単なこと、と笑われるかもしれないが、まったく部活などでスポーツを経験したことのない私はそんな基本的なことも知らなかったのだ。腹筋を使うと痛い腰のあたりが気持ちよくなる。「これが噂の丹田か!?」

私は拭き掃除が好きだ。掃除機だと重いので腰に負担がかかるし、押入れから出してくるのも面倒だし、おまけに電気代が高くつく。お腹に力を入れながら拭いてみると今まで

つらかった腰の具合がよい。ちょっと話は違うが、

「最近ガードルはかなくなってお腹が気になるから、なるべくへこませて歩くようになったの。そしたらちょっとウエスト細くなったのよ」

と嬉しそうに報告する友人がいた。やはり筋肉は使わないといけないのだ。筋肉が増えるとたくさん脂肪を燃焼してくれるので、食べても太りにくい体質になるらしい。これこそ理想のダイエット法ではないか。しかし困ったことに食べすぎてお腹がパンパンになると、お腹に力をいれるのもめんどうになるし、動くのも嫌になってしまう。

こうして肥満への悪循環が始まるのだろうか？　やはり食べ過ぎは健康に悪いということなのか。お残しも時と場合によりけりだろう。

「体にいいこと何かやってる？」

と聞かれたら、今の私なら小さな声で、

「食べ過ぎないで、掃除をすることです」と答えるだろう。

泣く女

人前で泣く女が嫌いだ。

お茶でもすすりながら、もしくは電話で悩み事を相談しているときに悲しくて泣いてしまうのは仕方ないにしても、公衆の面前で怒りや悲しみに流されていとも簡単に泣いてしまう女が私は嫌いだ。

女性の脳は右脳から左脳へと神経の行き来が激しく、パニックに陥りやすいと『話を聞かない男、地図が読めない女』（アラン・ピーズ／バーバラ・ピーズ著）で読んだことがある。感情が高ぶると涙腺がゆるむのもしかたのないことかもしれないが、大の大人が周りの目も気にせず涙を流すのはどうかと思う。（相手にきつーい一言を言われて思わず涙がこぼれちゃうのもしかたがないと思う。だって女の子だもん！）それが喧嘩なら、なおのことだ。泣きながら、攻撃してくる人がたまにいる。泣かれたほうが最初から極悪非道の悪人みたいだ。「泣きたいのはこっちだよ」といいたくなる。これは一種のルール違反だと思う。そんなとき、なんの関係もなくそこにいあわせた人たちがまたたいへんである。「どっちの側につけばいいんだ？」とか「なんて声かければいい？」きっと所在のなさに困ってしまうはずだ。まさか知らんぷりというわけにもいかない。彼女らがどれほど居心地の悪い気分になるのかなんて考えたことがあるのだろうか？　そんな思慮があれば人前でぎゃーぎゃー泣いたりしないのだろうけど。

父が亡くなった夜。

遺体にしがみついて号泣する女の人がいた。見も知らぬ女性だ。父は一年の半分は出張していて家にいなかった。生前に、

「おとうちゃんのお葬式に隠し子とか出て来るんとちゃう？　あれでけっこうモテるんやよ」

なんて親戚のおばちゃんから言われたことがあるが、そんな安っぽいホームドラマみたいなことがあるはずない、と子どもも心にも思っていた。しかし、今まさにホームドラマを地で行くシーンを経験した私は涙も吹っ飛び、頭が真っ白になった。名前が同じなのだ。

その女の人と私！　年も近い。

「名前呼んでも間違えんようにしたんとちがうか」

という人まで出てくる始末。

この女性は隠し子か、はたまた愛人か？

「どっちなんやー？」

どうやら、皆の話を総合すると、彼女は仕事先の社長のお嬢さんで、父とは家族ぐるみの付き合いをしていたそうだ。その後いろいろと噂されたが、真相はわからない。

よそのお葬式ではあまり取り乱して泣かないほうがよい。痛くもない腹を探られかねないからだ。


ついでに思い出したが、女同士の喧嘩もすごい。（悪口を）言った言わないなど、些細なことで喧嘩になる。当事者同士のいさかいの間はいいが、必ずといっていいほど、「私が仲を取り持ってやるから、相談して」みたいなお節介野郎（女？）が出てくる。「これは私たちの問題だから」なんて丁重に申し出を断ると、「なんて生意気な、前からあんた気に入らなかったのよ。（それはあんたの個人的意見でしょうが、公私混同はいけません）

あの子がぜんぶ悪いのよ」なんて言いふらして、あれよあれよという間に周りは敵だらけ。集団対一人の状況に陥ったりするのだ。「一体何歳なんだ？　君たちは」と言いたくなる。小中学生じゃあるまいし、子どもを育てる側に立つ母親が四〜五人集まってなんの話し合いだ？　こうなると集団イジメじゃないか。そんな親たちに育てられている子どもたちがかわいそうだし、行く末が心配だ。私の友だちの幼稚園で、お局様ににらまれてとうとう転園していった人もいるそうだ。おー、女って怖い。

しかしこれが年を重ねるとさらに凄いことになることを最近発見した。「狸」になるのだ。お茶の世界では弟子の年齢層は幅広く、三、四歳から八十歳くらいの方がおられる。先生が五十代だとしたら、弟子でも年上の方がいらっしゃるし、もしかしたら茶歴も先生より長い方がおられるだろう。だからつい、先生に対して軽んじるような言葉づかいをしてしまう場合もあるだろう。そうすると当然先生は腹が立つ。が決してそれを見せない。

しかし腹の中はどうであろうか？　かなり煮えくりかえっているにちがいない。お稽古がいつにも増してきびしくなる。

「今日は機嫌が悪い」

ときっぱり言い放つ先生もおられる。こんなとき、私たち下っ端は恐ろしくて、お手前をまちがえないように必死だ。(緊張のあまり、その手が小刻みに震える人もいる)それが裏目に出てお茶をこぼしたり、とんでもないドジをやらかしてしまうことも少なくない。しかし「あっ、意外に先生優しい。この程度の叱り方なら、私に対して怒っておられるのとはちゃうな」とかえって安心したりもする。

さて、先生の怒りの矛先を一身に受ける方は、大先輩。私ら初心者の前で基本中の基本の細かい点をクドクド指摘される。きっと腹の中は……あー想像しただけで恐ろしい。しかし、敵もさるもの、

「あ〜らこうでしたっけ? 私覚えるそばから抜けていくもので。オホホホ……」

なんて感じで笑って受け止めている。素晴らしい! やっぱり女性はこうでなくては。

どんなに心の中で悔し涙を流そうとも、決して外へは出さない。感情を外に出してよい場合と悪い場合をわきまえ、コントロールしている。しかしそうなると、どこまでが本気でどこまでがお愛想なのかまったくわからない。言っていることを真に受けて正直に返答しようものならピシャリとやられる。まるで開けっぴろげな性格の私が、こんな方たちの中でなるべく失言のないようお付き合いするのは本当に難しいことである。が、しかし、彼女らはみんな素晴らしい女性で、私の尊敬する方たちだ。教えられることも非常に多い。

だから、私らしさを損なわない程度についていきたいと思うのだ。また例の先生の言葉だが、

「縁側でうずくまる愛らしき三毛のネコ。愛らしき三毛と思えば三毛もまた、喉を鳴らして我にすりよる。裏の垣根の黒い犬。憎らしきクロと思えばクロもまた、我に向かってワンと吠えつく」まったくその通りである。

「狸万歳！」

作・よし丸

たかが年の差、されど年上

最近十五歳も年下の俳優と結婚した、私たちと同年代の女優の話が友だちとの間で、けっこう話題になった。

「三年前なら彼、もちろん無名やろ？　秋本さん、性格よさそうやし、離婚の辛さ知ってるなら大丈夫ちゃう？」

「私やったらあんなに若くてカッコいい人と暮らしたら、気ィ遣って生活でけへんわー」

などとメールしている。

最初に教えてくれたのは主人だった。

「おい、この番組に出てる俳優らしいよ」

二人してオープニングのテロップを一生懸命見る。なかなか見つけられず、何度も巻き戻す。（そう！　この番組は夫婦そろって楽しみにしていて、いつも寝坊したときのため

に予約録画している)

「原田ってこの人しかいないし、やっぱりデルタの人だよ。きっとそうだ」

彼は前にレンジャーものにも出演していた端正な顔つきの若者だ。

ネットの記事を見ると、「十五歳年下のイケメンと結婚」と書いてある。「イケメン」という言葉の正式な意味を私は知らないが、いかに彼がハンサムだとしても、この表記はおかしいと思う。なんだか二人を嘲笑するかのようなイジワルな気持ちがこめられているように感じるのは私だけだろうか。

私は主人より三歳年上だ。社会人になったら、出会ったその日に、

「失礼ですが何歳ですか?」

なんて聞かない。なんとなく好きになってしまって、あとから年下だとわかった。それだけのことである。恋愛に年齢は関係ないだろう。主人に聞いても私が年上であることにはなんらこだわっていないようだ。

しかし、婚姻届に初めて生年月日を並べて書いたとき、なんだか妙な気持ちがしたことは今でも忘れられない。

「あー私のほうが年上やねんなー」とそのとき思った。逆にそんなことでもない限り、年

齢のことなど考えはしない。その後も家族であるがゆえにたくさんの書類に二人の生年月日や年齢を記入した。そのたびになにかしらいいわけがましい気持ちになるのはたしかだ。だから、新しくできた友だちにはさっさと言ってしまう。

「うちの主人、若いよー」

最近中年太りか少し顔が丸くなったが、とても十一歳の子どもがいるようには見えない主人。友だちもみんな三十代だから、若い旦那さまは皆にうらやましがられる。

「やっぱ男も若いほうがいいよねー?」

と私に気をつかってか、口を揃えて言ってくれる。実際はどう思われているかはわからないが、私たちのことを知っている友だちに何と思われても気にはならない。しかし何も知らない他人に「年下の男をだまして丸めこんだのか」などと、勝手にあれやこれやと詮索されたくはないものだ。

たった三歳でこうなんだから、十五歳ちがいのほうはもっと複雑な心境かもしれない。だから興味本位が前面に押し出されているようなものではなく、もっとエールを贈るような記事が書けなかったのかなと残念に思うのだ。

それと余談だが、私の今の髪型が原田くんにとても似ている。だからとても他人には思

えなくて、鏡を見るたびに放っておけない気分になるのだ。（こんなおばちゃんに心配されても迷惑でしょうが）

お二人とも、どうぞ末永くお幸せに。

怖ーい経験

近頃はこんな田舎の小学校近辺でも変質者情報がひっきりなしに伝えられている。そのほとんどが下半身を露出して子どもがびっくりするのを見て満足している輩である。昔は大胆にズボンを下ろしたまま道の真ん中に立ちはだかっていたものだが、最近の彼らは車の中で脱いで、道を尋ねるなどを口実に女の子を呼び止めるという手の込みようだ。どうやらさらに小心者化が進んでいるようだ。

「この前の運動会で、トイレの前にずっと立っている怪しい人がいてんよ。こういうの取り締まられへんのかな」

と大阪の友だちが言っていた。

さて地区の運動会があった日のこと、うちでも出たのだ。この運動会は子どもだけでなく親も参加するので、自分の出番やビデオを撮るのにけっこう親は忙しい。幼稚園以下の子どもは退屈である。そこで我が家の末っ子ケンもそうなのだが、飼育小屋でうさぎと遊んだり、そこに集まってきた同年代の子どもたちと遊んだりして、放し飼い状態になってしまう。たまに様子を見にいくが、友だちもいるし、学校の中だから安心という気持ちがあった。

しかし、ケンとお友だちが柵の外に出て行ってしまったのを目撃した私は、校庭の隅まで内側から子どもたちを追いかけて走っていった。と、そこに付き添いの保護者でもなく、小さい子どもばかりいるところに似つかわしくない、大柄の少年を見つけた。チェックのシャツを着てリュックサックを背負い、まじめそうな顔つきの子どもだった。

「こんなとこで何してんのかな」

と見ていると、急にその少年がキラリッ。ナイフを取り出してみせたのだ。そして私の顔を睨みつけながら、そこにあった木にナイフを突き刺し傷をつけていく。こんな光景、映画以外に生まれて初めて見た私はびっくりした。しかもその少年の後方から何も知らないうちの子とお友だちが二人仲よく走ってくるのが見える。

一瞬目がくらみそうだった。

「このままでは子どもたちが危ない」

最近本屋で立ち読みした小説に「目と目が合ったら先に目をそらしてはいけない」と書いてあった。もっともそれは小説で、男性が女性に初めて会ったときの恋愛テクニックらしいのだが、目をそらすと相手に負ける気がしてずっと睨んでやった。そして子どもたちがそこを通りすぎるのを確認してから、わざと子どもをきびしく叱った。

「外に出たらダメだって言ったでしょうが！」

だいたいこんなことをする男は案外気が弱いはずだから、大きい声で威嚇しておけばなんとかなるかなと思った。作戦成功というべきか、少年はナイフをしまってどこかへ行ってしまった。

その後も気になりずっと遠くから監視していたが、いっこうに帰ろうとしないので、とうとう地区の顔役を連れて行って注意してもらった。私がナイフだと思ったのはカッターナイフだった。ギャング映画などで拳銃をズボンのウエスト部分に突っ込んでいるのをよく見るが、その子は同じやり方でそのカッターナイフをTシャツの下に隠し持っていたのだ。やっぱり何か怪しい。

「こんな学校では必要のないもんでしょう。あの人（私のこと）みたいに心配する人もいるので、リュックの中にしまってちょうだい」

と優しく年配の顔役が言ってくださったので、素直に従ってくれた。その子は校区内に住んでいる子どもで、私が思っていたより幼く十二、三歳くらいだった。そのあとも一応警戒して見ていたが、何も起こらなかった。それどころかなぜか飼育小屋の中に入って子どもたちにウサギやニワトリを抱かせてあげたりしていた。「この子ひょっとして小さい子どもたちと遊びたかっただけなのかな」。

では、私の勘違いなのか？　もしそうなら私は罪もない子どもを責めたことになるのか？　だったらこれはたいへんなことだ。少年犯罪を未然に防ぐ難しさがここにあるのではと思った。未遂に終わらせたいのなら、疑わしき時点でけん制をしなければならない。しかし社会人になっていない子どもに対し、どこまで責任を問うことができるのかと考えていると、二の足を踏んでしまう。もしまちがいならその子の心に深い傷ができてしまうだろう。でもまちがいでなかったら、だいじな子どもたちがそのカッターナイフで刺されるかもしれない。

あいさつをしない子どもや、いたずら坊主に雷を落とすようながんこ親父がいた時代はよかった。

難しい世の中になったものだと思う。

最近のアニメ論

私たちが子どもの頃は、『アルプスの少女ハイジ』や『フランダースの犬』など世界の名作アニメ劇場を見て育った。『アンデルセン物語』もやっていた。その中から、勇気や友情、冒険心、愛などいろんな大切なものを学んだものだ。それに加えてスポーツ物、いわゆるスポ根アニメも素晴らしい作品がたくさんあった。今は子どもが家族と一緒に見ることができる時間帯（夜七時～八時の間）にそういったアニメが少ない。戦いや冒険物やギャグ物もそれなりにおもしろい。もちろん、我が家でも毎週欠かさず見ている番組もある。

しかし、二、三歳の子どもにも見せることのできるようなアニメは非常に少ないのが現状だし、がんばることの素晴らしさなんて教えてくれるようなものも少ない。とても残念なことである。「名作」を作りきってしまったのかもしれない。いまさら再放送物をゴールデンタイムに持ってくることができないのかもしれない。それぞれテレビ局の事情もあるのだろうが、視聴率のことばかり考えないで、その番組を見る子どもたちのことも考えて製作していただきたいものだ。

その中に一つ、「これは昔のスポ根物に通じるものがある！」と内心大絶賛しているものがある。「週刊少年ジャンプ」に連載中の『NARUTO』をアニメ化したものだ。

昔、忍者の里を襲った極悪な九尾の狐を封印するため、当時生まれたての赤ん坊だった主人公のナルトは、その依代に使われる。そのため彼は子どもの頃から村では化け物・のけ者扱い。たった一人で生き抜いてきた彼は少しいじけた心を持つ里の問題児だった。しかし生まれて初めて自分を理解してくれる恩師と出会うことによって、一人前の忍者になることを決心し、修行する。

というあらすじだが、ナルトだけではなく、そこに登場する同世代の子どもたちはそれぞれ困難を抱え、ある者はその生い立ちを呪い、ある者は自分の才能のなさに悩み、命をかけて限界に挑戦する。そんな彼らを指導する里の先輩忍者の言葉がとてもいい。

「忍術の才能も幻術の才能もないおまえでも、体術だけで立派な忍者になれる。だっておまえは努力の天才なんだから」

なんて現代じゃダサいと笑われそうな「努力」という言葉だが、自分の力を信じるたいせつさを教える先生の眼差しがとても真剣で優しい。ブルース・リーをパロディ化したような出で立ちのちょっと笑える熱血激マユ先生なのだが、彼の言葉はなぜか心にぐっと来る。

また「自分ルール」というものがあって、何かに挑むとき自分をわざと過酷な状況に追い込むべき「枷」をつくることらしい。

「腕立て伏せ千回できなかったら、腹筋二千回！」

というふうにだ。自分に「枷」を着せることにより、真剣にそのことに取り組むことができるという利点が一つ。もしできなかったとしても、その「枷」をやり遂げることにより、さらに自分をきびしく鍛えることができるという「究極の二段構え」なのだそうだ。この過酷な修業を通して（勉強でもスポーツでも）何かを極めるためにはたくさん練習を重ねたり努力をしなくてはならないと、さりげなく教えてくれる。

一見ギャグ漫画かとも取れるこのアニメの中から、子どもたちが戦いや忍術のカッコよさだけでなく、彼らの生きざまに共感してくれればいいなと思いながら毎週見ている。

また、里の大人たちがナルトのことを悪く言うので、それが子どもたちにも伝わって子どもたちからも嫌われるようになるという彼の立場が、今のいじめにも通じるものがあるのではないかと思う。大人はいつだって子どもの鏡だ。その言動には注意しなければならないと、考えさせられる。

なかなか奥の深いアニメなのである。

言霊ってコワイよ

「言葉には言霊といって、口にした瞬間からそこに力が宿る」とは漫画（それも子どものころ読んだ）からの受け売りだが、それをバカみたいに今でも信じている。

死をイメージする言葉や、相手をののしるような言葉、不吉な言葉などは発せられたことにより、力を持って実際に災いを招くと。だから子どもたちには悪い言葉は決して口にしないようにと日頃から言っている。

また、「もうダメだ」なんて自分を否定するような言葉もよくない。言った時点で気持ちまで萎えてしまい、すべて終わってしまうではないか。逆に反対の言葉はどんどん口にした方がよいと思う。

「ありがとう」「嬉しい」「楽しい」や「やるぞ！」それらの言葉は、さらに別の「ありがとう」や「嬉しい」また「やったぞ！」を運んでくる。ような気がするのだ。

最近、子どもたちの言葉づかいが気になる。うちの子もそうだが、敬語が使えない。正しい日本語ではない言葉を頻繁に使う。ちなみにわが家では、「うざい」「ムカつく」などの言葉は、使用禁止用語だ。もし言ったら？　私の鉄拳が容赦なく飛んでくる。以前、美輪明宏さんがテレビでおっしゃっていたが、言葉の乱れは心やすべての乱れに通じると。親や先生にきちんとした言葉づかいができないとその人たちへの態度も乱れていくのだそうだ。なるほど一理ある。見ていて主人と二人、大きくうなずいた。

「やっぱいいこと言わはるね～」

現在五歳のケンは、NHKの子ども向け番組『日本語であそぼ』の大ファンだ。毎朝欠かさず見ている。十分という短い番組ながら、野村万歳さんの狂言あり、神田山陽さんの昔話（「痛快日本語劇場」という）あり、小錦さんとかわいい子どもたちの詩の朗読（『論語』から中原中也まで多種多様！）や早口言葉ありの、名言・名句てんこ盛り状態の番組だ（現在は番組内容が変わっている）。はじめは落語のネタ「じゅげむ」や狂言の「ややこしや」という、ふだん聞きなれない言葉が新鮮で子どもたちの心をつかんだようだった。いつまで「じゅげむ」をやるのかと思っていたら次は『平家物語』の「祇園精舎の鐘の声～」が始まった。いくらなんでも幼稚園児には難しいだろうと思っていたが、意味がわからないなりにけっこう気に入っているようだ。

親の私たちも、学生時代を思い出しながら、「こんなん習ったなー」と懐かしく思う。意外に覚えていたりするのが、ちょっと嬉しい。子どものころ、両親の前で座布団を重ねて座り、落語を披露したほどの落語好きな私は「じゅげむ」が暗唱できるので子どもに自慢できた。また宮沢賢治の「雨ニモマケズ」を母が聞いて、

「これは法華経の教えなんだってねー。私らもこんなふうに生きたいとは思ってるんだけど…」

などと言っていた。そこで感じたことが、美しい日本語はその意味が難解でも子どもたちの心に沁み込んでいくのだということ。

この番組を企画・監修していらっしゃるのが、『声に出して読みたい日本語』の著者、齋藤孝さんだ。道理で、小さな子どもたちにも親しんでもらいたい、声に出して読んでもらいたい日本語満載なわけだ。これから高村光太郎の「レモン哀歌」(ちょっと大人すぎ?)なんかもやってもらいたいなーなんて思いながら、毎朝の十分間を楽しみにしている。

『原因と結果の法則』

ジェームズ・アレンの著書に『原因と結果の法則』という本がある。これは一九〇二年に出版されてから一世紀もの間人々に読み親しまれ、聖書に次ぐベストセラーといわれている。現存するいわゆる自己啓発本のお手本的存在らしい。はっきりいってこの一冊を読めば他のハウツー本は読まなくていいくらいにすごい本である。

この本の名前を初めて聞いたのは高校生のときだった。夏休みの読書感想文の課題図書の中の一冊だったのだ。さっそく書店で本を探した。しかし、当時アホだった私は（今でもあまり変わらないが）実際手に取って中身を見たにもかかわらず、この本を物理かなにかの本だと勘違いし、購入リストからはずしてしまったのだ。そうして阿部公房の『第四間氷期』を読んで感想文を書いたのを覚えている。しかし、今思えば高一の生徒にこんな本を読ませようとしたうちの高校も変わっているなと思う。「あのとき現代国語の先生がもっと熱心にこの本を薦めていてくだされば、私の人生は変わっていたかもしれない」というのは大げさだが、もっと早く読んでおけばよかったとは思う。

「もし成功を目指すなら、自分の欲望のかなりの部分を犠牲にしなくてはならない」

誰にでも解っていることだが、実践するのは大変だ。あえて言葉にされると、身にしみる。この本の中で私が一番好きな言葉だ。

「綺麗な思いは綺麗な習慣を創り出す」

難しい言葉ではあるが、ぜひ子どもに伝えたい言葉だ。

ひとりっ子を持つお母さんへ

「ひとりっ子の苦手なスポーツ知ってる？」

「バスケよバスケ。あれはボールをめぐる戦いでしょう。人を倒してでもボールを奪うなんて私たちひとりっ子にはできないよねー」

と友だちが言った。確かにそうである。

「バレーボールとかテニスのダブルス。チームプレーってのもできないよね」

と答えた。

子どものころから、人との接触に慣れていないので、どう接したらいいかわからないのだ。兄弟と取っ組み合いの喧嘩もしたことがないので、人と体が触れることを極端に恐れてしまう。だから、ボールが取れないし、あと一歩が踏み込めないのだ。反対に水泳やマラソンなどは得意である。誰にも気兼ねせずにマイペースでできるものは大丈夫なのだが……。

チームプレーが不得意なため、体育の成績も悪かった。故に子供の頃、運動が苦手だと思っていた。それに拍車をかけるように父親も「お前は本当に誰に似たんや、この運動神経の悪さは……」と言っていたので信じ込んでいたが、実はそうではなかったのだ。スケートや水泳など、独りでできるスポーツはうまかった。しかし子どもの頃の暗示ほど効くものはない。親にそう言われれば、もう絶対である。「私は運動音痴な子」になってしまった。

だから私は決して自分の子どもに否定形の言葉は言わない。子どもだってほかに特技はいっぱいあるのだ。ダメなものだけ取り上げて「お前はダメだ」とわざわざ言う必要はまったくない。子どもたちはとても頼りない存在だ。親や兄弟、一部の大人たちの小さな世界の中で成長する。そうしてだんだんと自分の世界を広げていくのだ。自信というものは経験を積み重ねてできるものだから、生まれて十年もたっていないような子どもにそんなものありはしない。周りの者が誉めてこそ、自信もつく。

それを最初から才能がないの一言で片づけてしまうと、なんの芽も子どもからは生まれてこない。私はすべての子どもたちが、素晴らしい可能性の芽を持っていると信じている。

大人はその子にあった芽を育む手助けをする義務があると。

我が家の子どもたちは健康のため、全員スイミングスクールに通っている。いつもはバスで行っているので練習はめったに見ないのだが、先日三人まとめて送っていったので珍しく見学してみた。長女よし丸なんぞは私も主人もできないバタフライを五十メートル泳ぐ。それも速い。

「なんであんな形で泳げるんや？」彼女はドルフィンキックで華麗に泳ぐ。メドレーで二百メートル泳いでいる姿はもう我が子じゃないように思う。今、目の前でタイムを競っている彼女を一個人として純粋に尊敬してしまうほどだ。

末の子ケンはまだクロールの練習中だ。コーチが手をとって熱心に水のかき方を教えてくれる。ほかの子にも目をやると、体をコーチに支えてもらったりして伏し浮きの練習をしている。私があの子だったら緊張して練習どころではないかもしれないなと思う。それくらい他人と触れ合うことが恐怖だった。（話すのはもっと苦手だった）今の時代、TVゲームなどのせいでひとりっ子でなくても人とうまく付き合えない子どもが増えていると聞く。だからスイミングは単に泳げるようになるためだけではなく、水や人と肌で触れ合うことにより情緒面の成長にも役に立つのではないかと一人「大発見！」と喜んでいた。

私たちの時代は、小さい頃から近所のおばちゃんたちが家に出入りしていて、お菓子をくれたり頭をなでてくれたり、ときにはお行儀が悪いと叱ってくれる。昔はそういう環境の中で子どもは人との接し方を自然と学んでいった。そこには肌と肌の触れ合いがあったように思う。しかしそんな古きよき時代は終わってしまったのだから、せめてそういう時代を知っている私たちだけでも億劫がらずにおせっかいおばさんになろうではないか。

家庭の中で子どもがひとりきりという状態はけっこうつまらないし、かなり不利だ。兄弟のいる人から見れば「ひとりっ子」はおやつの取り合いもないし、わがままほうだいで羨ましいと思うだろうが、実はわがままなのは親のほうなのだ。下に子どもがいないということは、当然子育ての期間が短い。たとえば二歳離れて妹や弟ができれば、上の子が四歳になるまでは赤ちゃんの世話にかかりっきりである。一見忙しそうに見えて、その間特に母親は子育てに専念していることが多いので、上の子も下の子と一緒に小さな子どもとして扱う。しかしひとりっ子の場合、「もう四年間も育てたわけだし、幼稚園へも入った。ここいらでもっと自分のしたいことを優先しましょう」なんて考えも出てくる。子供が一人なら私でも絶対そう考えると思う。家にいても、「もう一人で遊べるでしょう」とか「近所の子と遊んでおいで」なんて言ってしまう。要するに子どもに対してわがままになる。「子どもを一人前の人間として扱っているだけだ」というと聞こえはよいが、それは言い訳だ。ある程度の年齢まで子どもは子どもだし、自分で正しい判断はできない。都合のいいときだけ大人扱いされても子どもはいい迷惑だ。なのに早く自立してほしいと要求され、ほかに比べる兄弟もいないので、「こんなもんかな」とどんどんものわかりがよくなる。まだまだ親に甘えたい年頃から、妙に「甘えちゃいけないのかな？」と自分の心にストップをかけてしまう。話す相手が大人であることが多いので、子どもっぽさが早く抜けていく。傍から見れば、「手のかからないしっかりした子ども」に映るが実はその心の中には親に甘えたいというストレスをいつも抱えている。

この「甘えたい年頃」についてだが、うちの子どもが十一歳なのでそれ以上の子どもについては断言できないが、十一歳でもまだ親に甘えたい、スキンシップをしたい年頃だ。うちの場合一番下が五歳で、しかも男の子で甘えん坊だから特にそうなるのかもしれない。弟を見ていると「同じお母さんの子どもだし、私だけダメっていうのは不公平だ」と思うのであろうか。いつも大きな体でのしかかり攻撃をしてくる。

実は私は親からギュッと抱きしめられた記憶がない。もちろん経験はあるのだろうが、幼すぎてその時の記憶はまったくない（誤解しないように言っておくが、両親に大事に思われていなかったということでは決してない。昔の人なのでシャイなのだ)。だからといういわけではないが、自分の子どもには彼らが、

「お母さんやめて！　気持ち悪い」

と逃げ回るまで、いつまでもキュンキュンと頬ずりしたり、ギュッと抱きしめたりしていたい。

檸檬

国語の教科書かなにかで「レモン哀歌」を読んだのは十代だった。そのとき、内容がさっぱりわからなかったし、「いったいこの詩のどこがいいねん?」と正直思った。今思えば国語の先生ももっと光太郎と智恵子の話をしてくだされば、こんな私でも感情移入しやすくもっとあの詩を理解できたのにと残念に思う。

最近智恵子さんの切り絵がいっしょに載っている高村光太郎の詩集を読んだ。彼女は晩年、病室のベッドの上で、毎日この切り絵を作って過ごしていたそうだ。光太郎がきれいな色紙を持って見舞いに行くと、子どものように喜んだと書いてあった。

彼女の切り絵のすばらしさといったら! 普通の人間が考え出せないような構図を下書きなしで切り取っていく。しかも重ね合わせた切り絵の色の配色がまた日本色の美しさがよくでていて素晴らしい。まるで「がりりと噛んだレモンの香り」まで香るような気がした。

そして、大事な人を失う光太郎の悲しみが痛いほど伝わり、涙が溢れてしかたがなかった。凡人の私には結婚し、たいせつな人ができた今でないとこの詩のよさがわからない。なんでもそうだが、ある年齢、経験を経ないと見えてこない事柄があるのはたしかだ。

師

初釜の前夜。どの着物を着ていくか考える。薄桃色の訪問着に常盤色に金の扇を配した帯。鶯色の帯締めと鶸萌黄色《ひわもえぎいろ》の帯揚げ。初めての取り合わせだ。着物に合わせて帯を選び、更にそれに合う小物を考えていくと、部屋じゅう着物と帯だらけになる。やっと決まって必要の無い物を片付けるときふと、

「もっと若いときからこんなふうできていたらな……」と思う。

子どもの頃から着物が大好きだったが、一人で全部できるようになったのはここ二年ほどだ。お茶を始めたとき、

「ウールでもなんでもいいから持ってらっしゃい。ここで着物を着てからお稽古を始めればいいんです」

持っていった着物は安物でもなんでも誉めて下さる。新しいモノを見せると目が輝く。

「本当に着物が好きなんだな」という方だ。

「私は正式に着付けを習ったことないから、我流ですよ。でもね、着られりゃあいいんです！　着られりゃあ」

「美容院で着付けもセットもしてもらって、いかにも着ました、って感じじゃダメなんです。髪型なんかいつもとおなじで、普段の感じで着なきゃあね」

また、

「女の子を持ってるんなら、自分で着せてやれなくてどうするの！」

と一喝。娘の七五三では中振袖をよし丸のサイズに合わせてしつけたり、ふくら雀を結んでやったりできるようになった。いままで自分が着物に対して「高価なものだから」などというごたいそうな気持ちで敬遠していたことに気づかされた。もっと身近に洋服のように何でも自分でケアできるようになったのは、先生の自然体な考え方のお陰だ。茶道だけでなく、その他多くのことを先生から学んだ。以来、

「何か習うとき、中途半端な先生に付くくらいなら、自分で勉強したほうがましだ」という考えをいっそう強めた。素晴らしい師に出会えたことを感謝するとともに……。

余談だが、そういう理由でうちの子どもは学習塾へやっていない。

シーサイド

小さな島の海水浴場に《シーサイド》という名の、兄弟でやっている海の家があった。ジュークボックスと巨大な業務用冷蔵庫の置いてある広い食堂、十棟ほどあるバンガロー。プールもついていて、引き潮のときは砂浜ができてそこがプライベートビーチのようになる。

夏休みにもなると毎日お客は満室で、若いカップルや家族連れで賑わっていた。

夕方になるとバンド奏者がやって来て、ビアガーデンの始まりだ。次々と入る注文に厨房は大忙しである。

「おつまみ二つと、ビール二つ！」

髪の長い、若い女の元気な声が飛び込む。

「はーい」

「おつまみ二つね」紙皿にするめとピーナッツ。おかきをのせる小さな手。カウンターにも背がとどかない三歳くらいの女の子がそのおつまみの用意をしている。厨房で賄いをしている女性の子どもだ。この時間になると誰もが忙しくなり、子守役がいなくなる。だから、簡単な仕事を手伝う。飽きてしまえばお客の子どもと遊んだりもする。

たまにマイクを持って金髪の同い年くらいの女の子と歌を歌う。

しかし彼女はけっこうこの仕事を気に入っているらしく、毎晩寝る時間まで真面目に働くのだった。

昼間、母親の兄が木材を運び込んでなにやらトンカチ始めた。

「おっちゃん、なにつくってんの」

と、恐る恐る聞いてみる。彼女はいつも無口で厳しい顔をしているこの伯父のことが苦手だった。

「んー、お前のベッドじゃけんのー。今日からここで寝るんじゃや。ええじゃろう」

いつになく伯父は上機嫌だ。なんだか彼女も楽しい気持ちになった。

新しい木の匂いが心地好い。「初めての私のベッド」彼女はドキドキしながら出来上がるまでずっと見守った。

しかしこのベッド、やたらと背が高い。

「せやけどなんでこんなにたかいの?」

「一人で降りれんようにしとるんじゃ」

なるほど、夜中に目覚めても子ども一人では降りられないようにしてあるのだ。


ぎっしりと並んだビアガーデンのちょうちんがまだ赤々と灯り、夜はこれからというところで母親にベッドに連れていかれる。少し後ろ髪をひかれながら。しかし疲れているせいかすぐに寝息が聞こえる。

……真夜中、かすかな物音に目がさめる。誰もいない。真っ暗で何も見えない。自分がどこにいるのかわからないくらいだ。目が慣れて外のわずかな光をたよりに周りを見わたす。高い天井、永遠に続いているかに思える……これは食堂だ。彼女は昼間、客が食事をしたり、トランプやゲームで遊ぶあの食堂の隅っこに寝かせられているのだ。

一人暗闇の中、耳をすます。話し声が向こうから聞こえる。

「おかあちゃんや！」

ガバッと飛び起きる。そして高さ二メートルはあるベッドの枠に足をかける。「こわい。こんなたかいところからとべるの？」恐怖より母に会いたい気持ちのほうが勝った。

「ヒュン」

耳元で風の音がした。裸足の足が痛んだが、そのまま一直線。光の漏れている厨房目指して走りぬく。

「おかあちゃん！」

「なんや、起きたんか？」

やさしい声。ちょっと困った顔。

「おかあちゃんと寝る！」

「向こうの和室な、大人ばっかりでゴロ寝やねんよー。子どもなんかとても寝られるとこやあらへん」

「ゴロね？　なにそれ。こどもはねられない？」意味もわからないまま、またあの背の高いベッドに押し戻される。

「今度は朝までぐっすり寝ぇやー」

赤いアルバム

小さなポケットアルバムがある。赤い表紙でところどころ紙がはがれている。
その中には白黒写真や変色して黄色くなったカラー写真が入っている。
私の一歳から十歳頃までの写真が入っている。
自分が撮られた記憶のない写真というのは、得も言われぬ魅力がある。
子どもの頃母に、
「ねえ、これどこで写したん？　この隣にいる人誰？」
何度も何度も写したときの同じ話を母にせがんだ。
自分はまったく覚えていないのにそこに存在する。
子ども心にもその不思議さがわかる。
大人になってもときどきそのアルバムを開く。

そうすればいつでも小さな三歳の自分に会えるのだ。

子どもたちにもそれぞれポケットアルバムを渡してある。生まれてから今まで一年に一〜二枚ペースでベストショットを入れている。

するとやはり子どもたちもときどき思い出したようにそのアルバムを開いている。昔、私がそうしたように。仲のいいお友だちに見せているときもある。

「これはいくつのとき？」

なんて聞いてくる。姉弟でそのときのことを話したりもしているようだ。そうやって記憶を刷り込んでいくのだよ。たくさんの思い出をその小さな頭に詰め込んでね。

落ち葉拾いとクリスマス

毎年秋になると忙しい。リースを作るための準備をしなくてはならないからだ。

私がリース作りの師匠に出会ったのは四年前だろうか？　彼女のお宅に遊びに行くと、玄関の壁に所狭しと飾られているドライフラワーで作った小花のリースや木の実のリースたち、その美しさに目を奪われた。聞いてみると、材料はすべて自分で調達してくるそうだ。若い頃、生け花をやっていたせいか、こういうものに興味はあったがフラワーアレンジメントの講習を受け、どうも自分には性に合わないとわかった。ちょうどそんな頃、「リース」に出合ったのだ。

「材料集めからすべて自分の考えで」というところが気に入ったので、さっそく師匠に教えを乞う。彼女から初めて分けてもらったのはサンキライの赤い実だった。この蔓を荒めに巻きつけてリースを作った。忘れられない作品第一号だ。

それから、毎年九月後半から子どもとどんぐりを拾うようになった。三人の子どもたちに拾ってもらうとあっという間に集まる。なかには帽子つきの物もありとてもかわいい。子どもはそれに顔を描いたり、コマにする。

しかしどんぐりを家の中に放置しておくと、たまに白くて細長い虫が這い出てくるときがあるので、気をつけよう。廊下中その白い虫だらけになったお宅もあるくらいだ。採ってきたらめんどうでも、水の中に入れて浮き上がってきたものは虫に食われているので捨てたほうがいい。私は無精なのでぜんぶバケツに入れて使う頃までベランダに出して置く。「雨が降ったら乾かせばいいや」そんな感じだ。白い虫は出たことはないが、蓑虫はよく床に落っこちている。虫大好きっ子の繭子を中心に、蓑虫で遊ぶのもまた楽しい。いまどき、蓑の中の虫を触ったりする子どもは珍しいのではないかと思う。秋の収穫物は思わぬお客を連れて来てくれるものだ。

十一月中に葛やアケビ、藤、サンキライなどの蔓をゲットするため山へ入る。これを丸く巻いてリースの土台を作る。山ぶどうやツルウメモドキ、サンキライの実なども見つかればラッキーだ。ある年など、ぶどう農家さんに頼んでぶどう蔓を車に乗り切らないほど分けてもらったこともある。ぶどうの蔓は赤紫色で柔らかく、真っ直ぐなのでとても扱いやすい。たくさんあったので四、五人の友だちを呼んで分け合った。

赤い野いばらの実はクリスマスには欠かせないが、霜が降りる前に採ると、乾燥後、実がシワシワになってしまうので、丸くてきれいな実が欲しければ、十二月まで待たなければならない。まつぼっくりも地面に落ちてしまうと折角の実が汚れてしまうので、まだかさが開いていない青いうちに取っておいて、かさが開くのを待つといい。

この材料集め、二、三人の友だちとワイワイ行くのがお薦めだ。自分の探し当てた実を見せ合いっこしながら、ピクニック気分で行くのが楽しい。決して一人で行かないほうがよい。どろぼうしているような、なんだかうしろめたい気分になってくるからだ。だって花鋏みを持って木の実を物色しているおばちゃんなんて、怪しすぎる。逆に、集団になるとおばちゃんは怖いものなしなのだ！　やっていることすべて肯定化されていく。

これらすべての材料、買おうと思えばお花屋さんで簡単に手に入る。しかし自分の足で歩いて探し出すので、ぜんぶタダ。しかも、リボンや小物で仕上がりはゴージャスとくれば、堅実な主婦たちがリース作りにハマるわけである。また、あるときは地元の少し年配の方から、

「あそこから細い道上がっていくと、からすうりがたくさんなってるよ」

などとその土地のいろんな情報をいただいたりして、お友だちの幅が広がるのもいい。

そして最後、残った材料でお正月飾りまでおばちゃんは作ってしまうのだよ。

十二月にはいると何かと忙しいが、リース作りにもたっぷり時間が欲しい。（一度材料を広げたら一気に作ってしまわないと家の中が片付かない）そんなジレンマに襲われる。今年は幼稚園の役員もやっているし、作るのをやめておこうかと思っていたら友だちが、

「みんなで集まって作ったよ」

なんて写真入りのメールを送ってくれたので、やっぱりこれを作らないとクリスマスは迎えられないなと思った。

先日、山の中を散歩していると紫陽花が白いまま残っていたので、今年はヒムロスギと紫陽花のフレッシュリースにしてみた。みずみずしいグリーンに白い花が眩しい。この辺は雪が降らないので、せめてリースだけでもホワイトクリスマスをイメージして作りたかった。

今年もサンタさんから子どもたちに、希望通りのプレゼントがくるのでしょうか？　我が家ではサンタさん宛の手紙を外からよく見えるように内側の窓から外へ向けて貼り付ける。毎年恒例だ。二十五日の朝になると、リビングの大きなツリーの下にプレゼントが置

いてあるから不思議である。三人の子どもたちが包装紙を開けながら、こっちが私のものだとか言って大騒ぎになるのを聞きながら、

「今日は当分、このプレゼントで遊ぶんやろなー」今日中にクリスマスツリーや飾りを片付けなければならない（もちろん子どもたちに手伝ってもらうが）私は、頭を悩ませるのだった。

あー憧れの新選組

子どもの頃、和田慎二の『あさぎ色の伝説』を読んでいた。

そのときから、人々から鬼の副長と恐れられていた眼光鋭い土方歳三の大ファンになった。和田さんの作品は『スケバン刑事』や『ピグマリオ』など、どれも当時の私にかなりの影響を与えたが、なんといっても一番はこの『あさぎ色の伝説』だ。歴史のことはそっちのけで、結核は当時死に至る病気であったとか、あさぎ色という色が薄い水色で新選組のダンダラ羽織の色であることや、真剣で三人も人を切ったら血のりと脂のせいで刀はなまくら同然になるので、相手の武器を奪って戦った、などとどうでもよいことばかり覚えている。

司馬遼太郎の『燃えよ剣』でも「また土方ファンが急増するな」というほど土方歳三はカッコよく描かれている。

私が一番好きなエピソードといえば歳三とお雪のものだ。特に印象に残っているのは、東京へ向けて大阪を出港する前に歳三が二日間休暇をとって、お雪と西昭庵で過ごすシーンである。西昭庵は大阪の夕陽丘にあり、ここは藤原家隆が歌にも詠んだほどの夕日の名所らしい。現在はこの近辺に私立や公立の高校がたくさん立ち並んでいる。実は私の高校もその中の一つで、秋の夕暮れどきなどは学校から燃えるような真っ赤な夕日を眺めながら、駅や図書館に向かって歩いたことを思い出す。

そうするとなんだかよけいに二人のことが他人ごとには思えなくなり、気になる！　ということで何冊かの本を調べてみたが、「お雪」という名はどこにも出てこない。それでも「モデルが存在したのでは？」という思いを捨てられない私は、とうとう土方歳三函館記念館まで問い合わせてみた。するとメールで質問したにもかかわらず、丁寧に書面でお返事を頂戴した（その節は本当にありがとうございました）。それによると、「お雪」という名の人物は存在しないようだが、ある後家さんが歳三のことを好きだったという事実はあったそうだ。だがその女性がお雪である可能性はどうやら低そうだ。まったくこういうところが、司馬マジックとでもいうべきか……いつも翻弄されてしまう。

「一体どこまで本当？　司馬さんは実際タイムマシーンでそこへ行って見てきたんちゃう

か」司馬さんの本を読むといつもそう思う。

　こんなわけで、今年の大河ドラマが『新選組』に決まったときは大喜びした。俳優陣の年齢が若いだとか、三谷幸喜のスラップスティック的な脚本が気にいらない人も多くおられるだろう。かくいう私の母や主人も「俳優に貫禄がなさすぎる」「おふざけ過ぎるのでは」とまったく見ようとしない。

　たしかに威厳のない近所のおっちゃんみたいな勝海舟がいたり、口べたで重厚なイメージの強い近藤勇はさわやかによくしゃべるし、今までの新選組とはずいぶん違う。しかし私の友だちは大の藤原竜也（沖田総司役）ファンで、このドラマが「一週間の疲れを取ってくれる清涼剤」だといって毎週楽しみにしている。かつて民放でドラマの新選組を放映していたとき、「ヒラメ顔の沖田総司がバタくさい顔の草刈正雄なんておかしすぎる！」と怒ってドラマを見なかったほどの新選組フリークの私だが、歴史の勉強と称してよし丸も喜んで一緒に見ていることだし、「これも新しい大河ドラマの見方のひとつだな」と妙に納得して見ている。

芸術って？

私の友だちのご主人は彫刻家だ。といっても、芸術家独特の気難しい人ではなく近所の子どもたちを引率してお祭りへ行かれたり、幼稚園のバザーを手伝って下さるとても気さくな方だ。

「夏休みの宿題にレリーフでも作らない？」

と彼女からお誘いを受けて、子どもの友だちまで連れてお宅へ伺った。大きな日本家屋で離れに二階建てのガレージがあり、そこに作品を無造作に置いておられる。ケンがすすり触っていると、

「これは去年日展に出さはったやつやねん」

とさらりと京都弁で彼女が言った。「おいおい、倒したら大変だー！」という私の心配をよそに、子どもたちはもうピクニックテーブルの上の大きな円筒形の粘土に目が釘付け

だ。

「ぜんぶ使っていいの？」

欲張りなうちの子どもが聞く。

「これを分けるのよ」

糸みたいなもので、スパッ、スパッと粘土を切っていく。バースデイケーキを配られるときのような神妙な顔つきで自分の粘土を配られるのを待つ。それを平らにのばしてへらなどで好きな絵を描いてもいいし、手で形を作っていってもいい。ご主人は見本に二十五センチ四方の板の上に粘土をのせて、子どもの顔をサラッと作ってくださった。

「どっちもおんなじ顔してんなー」

とよし丸と繭子の顔を見ながら、ものの五分か十分で仕上げ、大学へ行ってしまわれた。

後日、これを野焼きといって籾殻を積んだ中に入れて焼いて来てくださった。夏休みの宿題はこれで完璧だ。

九月も終わり頃、

「あのレリーフ、売れたんです。ありがとう」

と友だちに言われた。「なに？　それ」初めは冗談だと思ったが、どうやら京都の百貨店に出したら売れたそうだ。それも信じられない値段で!

「うちの子の顔なんか買ってどうするつもりなんやろねー?」

と主人と話した。いったい、買ったのはどんな人か会ってみたいものだ。

「どうせお金持ちで、そんなのをたくさん家に置いている人だろ」

しかし、よそのお宅の応接間なんかに(ひょっとしたら玄関?)自分の娘の顔があったら……不気味だなー。まあ、これはあくまでもモデルであって、ご主人が作られた瞬間から別のモノにはなっているんだけどね。それでもやっぱり顔は似ている。

芸術ってどれだけ手間と時間をかけたかは問題ではないんだなー。一瞬のひらめきででき上がり、見る人(今回は買って下さった人)の心に触れる作品もあるのだ。よくわからないけど、どうやらそういうことらしい。

やっぱり私は専業主婦がお似合いさ

小学校の参観があった。よく晴れているとはいえまだ一月、冬まっさかりだ。休み時間は窓を全開にして換気しているせいか教室はとても寒い。しかも戸は開けっぱなし。床からの冷気が足を伝って体中に広がる。ただじっと立って見ているだけの四十五分間は結構つらい。眠気と寒さとの戦いだ。しかし子どもたちは平気な様子で、中には腕まくりをしている子もいる。

「あんたらは偉いよ。私だけか？　こんなに寒いのは！」

すでに冷え切った体で二時間分参観して（二人分なので）あとは家へと走って帰った。

「こんな雪の降る寒い日にやよー、子どもら学校へ行かんなんねんよー。あの子らの後ろ姿を見送る瞬間、大人でよかったなーって思うねん」

今日ほどこの友だちの言葉が身にしみたことはない。私は相当の寒がり屋だ。しかもすごい冷え性。寒いというだけで、無口で機嫌が悪くなる。

「冬は寒くて働きに出られない！」

やっぱり私にはお気楽な主婦が一番向いているのかもしれない。

LOVE

槇原敬之さんの『No. 1』という曲に、
「子供の頃の写真を　君に見せた時
あたりまえだけど
自分がいないから　くやしいといったね」
という歌詞がある。「なぜこの人は男性なのにこんな女心がわかるの？」と初めて聴いたとき、びっくりしたのを覚えている。
主人とは会社で知り合ったので、当然学生時代の彼のことをまったく知らない。いつだったか卒業写真が出てきて、どうしてそこに自分は写っていないんだろうと思うとすごく悔しい思いをしたことがある。ドラえもんでもいないかぎり、若い頃の彼には会えない。写真って残酷だ。「そこには存在しなかった私」をいつも見せつけられる。

「大事なのは未来」過去じゃない。そんなこと頭では十分わかっている。彼の過去に嫉妬しているわけではないのだ。恋をすると、相手の過去も現在もそして未来までかかわりを持ちたくなるのだと思う。

この歌には続きがあって、

「夕暮僕の街には
チョコレイト工場のにおいがする
いつかおいで
あの河原に自転車で　つれて行くよ」

と、歌の中の彼は言う。大切な人ができたら、どうしても連れて行きたいところや一緒に見たい風景がある。過去をさかのぼれない彼女にその一部を切り取って見せてあげたいのだろうか。風景を通してその頃の自分を、彼女にも感じて欲しいのだろうか。

残念ながら私はそんなところへ連れて行ってもらえなかったが、主人が家へ遊びにきたとき、子どものころのアルバムを持ってきて見せてくれたのはそういうことなのかなと、一応納得しておこう。

LOVE LOVE……LOVE

小さな胸に耳を当ててみる。びっくりするほど早い鼓動が聞こえてくる。

「トクトクトクトク……」

動物は大きいほど、鼓動がゆっくりなんだそうだ。ゾウは一分間に三十回。逆に小さな、たとえばハツカネズミになると一分間で六百回。人間の大人は七十〜七十五回だが、赤ちゃんは一五〇回くらいだそうだ。大人の約二倍の速さ。私はこの音を聞くとき、この子がどんなに小さくて無力なのかを知る。この小さな命を守るのは私しかいないことを思い知らされる。だから腹がたったとき、キレそうになったとき、そっと胸の鼓動を聞いてみる。

「トクトクトクトクトクトク……」

私に叱られているせいか、いつもよりさらに早い鼓動が痛々しく伝わる。するとだんだん怒りがおさまっていくのが感じられる。まるで潮が引いていくように。

人間はお母さんのお腹にいる間、お母さんの心臓の音を聞いて育つ。生まれたばかりの赤ちゃんに心音を聞かせると安心するのか寝つきがいいそうだ。それと同じように、大人にもこの音は精神を鎮める効果があるのかもしれない。なんてったって数十年前は私たちも赤ちゃんだったのだから。そのことを忘れないように子どもと接していきたい。

しかし最近我が家の子どもたちは体が大きくなってしまい、結構ゆっくりなんだなー

……鼓動が。

R・ストーンズが運んできたもの

結婚して十年くらいたった人は子育てがひと段落して慌てているはずだ。テレビを見れば、ドラマやCMから昔好きだった曲がよく流れている。

「You can Start me up.／」

セクシーなミック・ジャガーの声が聞こえる。そのほかデビッド・ボウイ、クイーンやホール&オーツ、小田和正や財津和夫、ドリカムまで、一九八〇年代に流行った曲が溢れている。

こうした現象についてはよく友だちと話すのだが、制作プロデューサーたちがちょうど私たちと同年代ではないだろうか……はたまた、たとえば車なんかだとファミリーカー購入者層に私たちがピッタリはまっているせいだろう。とにかく聴いて涙が出るくらい懐かしい曲がテレビから流れる。

「あーこの曲好きだったんだ」ごそごそ押入れなんぞを探しても、当時はカセットテープとＬＰの時代。運よく見つけたとしても、プレイヤーが実家に置いてあったりして目の前にあるのに聴けない。それで次の日慌ててＣＤやレンタルショップへ駆け込む。

そこではたと気付くのだ。

「私ってこの十年間ろくに音楽も聴かなかったの？」

子どもができると、どうしても子ども中心の生活になってしまい、カーステからはアニメソングや子ども向けクラシック、英語教室で買わされる英語のテープが流れる。うちなんかはマザーグースのＭＤまで存在する。映画もそう。アニメじゃなくて最後に映画を見たのはいつ？　と思いをめぐらす。

忙しいときの十年はあっという間だ。なんと長い間世間からおいてきぼりをくっていたものだ。結婚していても、子どもがいても、おしゃれで趣味や好きなこともやっているマイペースな人もいるだろう。特に二十代前半のママたちは赤ちゃんをだっこ紐で抱いているにもかかわらず、ハイヒールにミニスカートで買い物や公園へ繰り出す。

「そんな高いヒールはいて赤ちゃん抱いてて、こけへんのか？」

老婆心で心配までしてしまう。向こうにとっては大きなお世話なんだろうけど。

要領の悪い私のような人間はとても真似ができない。そうして気が付けば、時代から大きく取り残されてしまったというわけ。今頃になって慌てて本を読んだり、レンタルショップに通ったりするのは年寄りのあがきだろうか。私の友だちも今年の芥川賞・直木賞が発表されるや、受賞作品を一気に読みまくっている。

「今頃になって活字や映像に飢えている自分に気付くやろ?」と私が聞くと、

「そーやねん。十年のブランクは大きいで」

と答える。まあ十年で気付いてよかったと思う。今ならまだ本を読んだり音楽CDの編集をしたりする気力が残っている。もうあと十年たったら自分はどう変わっているのだろうか。よし丸は二十歳。おばあちゃんになっている可能性だって……目指すはカッコいいおばあちゃんだな。

光くん頑張れ！

ある日、よし丸が学校から帰って来て、

「この本おもしろいよ、お母さん読んでみ」

ポンと図書室で借りてきた『光とともに…―自閉症児を抱えて―』（戸部けいこ著）というマンガを私に渡してくれた。表紙は可愛い女の子のような男の子が描かれていて、どうやらその子が主人公の光くんらしい。このテの絵は苦手だ。マンガについて言えば、好きな絵柄のものしか読まない主義だが、せっかくの娘の薦めだ。ここはなんとかがまんして読んでみようと思った。


この本は、わが子（光くん）が自閉症であるとわかってから、まず母親が、次に苦労の末、父親がこの病気を正しく理解し、周りにもその輪を広げつつ、試行錯誤のなか、光くんを育てていくマンガで、現在五巻（光くんは高学年）まで出ている。その間妹も生まれ、障害のある兄とない妹を同時に育てる難しさにも母親は直面していく。

それまで「自閉症」という言葉は知っていたが「人との係わり合いがうまくできない子」程度にしか考えていなかった私は、もちろん学校にも通って普通のクラスにも一人くらいはいるのものだと思っていたので、「三人も子どもがいながら、そんなことも知らないとはなんて無知だったんだろう」と恥ずかしくなった。

この本によると自閉症というのは、「脳の機能のかたよりを原因とする、千人に二〜三人の割合で起こる発達障害で、ほとんどの場合、生まれつきの障害であること、症状が発達期に現れること、基本的に生涯にわたる障害であることが特徴」だそうだ。うちは三人も子どもいるのだから、その中の誰かが、そうなったとしてもおかしくない程高い確率で起こるわけだ。

『家庭の医学』によると「周囲の人と感情的な触れ合いができず、自分だけの世界に閉じこもってしまうことが特徴。言葉を話さないことが多く、質問しても返事をしないか、返事をしても質問のおうむ返しだったり独り言を言ったりする」とある。

読み初め、「子育てはただでさえたいへんなのに、こりゃすごくたいへんだねお母さん！」と思ったものだ。

どんな障害についても言えることだが、まず周りの人たちにその障害についての正しい理解が必要になってくる。光君のお母さんは普通の小学校へ光君を通わせるのだが、養護学校と違い光君を正しく理解できる人がほとんどいない状態。そこで、「光通信」といって学校での光くんの様子や「こんなことをするとパニックを起こします」（たとえば「背中を触る」「早口でしゃべる」など）ということを綴った新聞を定期的に配っていた。

もちろん読まないでゴミ箱に捨ててしまう人もたくさんいるだろう。でもなにもしないよりはずっといい。子どもたちは本来偏見などを持たないから、大人たちより簡単に光くんとうちとけていく。頭で理解するより、遊びの経験など、体でわかり合い、仲良くなれる。これは光くんにとっても周りの子どもたちにとっても非常に大事だと思う。

障害を持った子どもが普通の小学校へ通うことは、他人が考えるよりずっと親も本人も大変なこと。学校を終えたあと、また別にそれぞれの専門の教室へ通わなければならないだろう。しかし、そんな苦労には換えられない素晴らしい財産を得ることができるはずだ。それは生涯の友であったり、普通小学校でしか経験できないさまざまなことである。

また光くんを育てるうえで、「否定形はだめ。いつも肯定形で」とか「話は短く、簡単に。絵やカードを見せるのも効果的」「急な予定変更はパニックをおこしやすい」などさまざまな留意事項があるが、これらは小さい子どもを育てる場合にもあてはまるものが多い。

親や大人はどうしても成長を終えてなんでもできる自分を基本に考えたり、同年代のほかの子どもと比べたりしがちだが、人それぞれ個性があるのと同じで成長の仕方にも個性がある。そう思ってその子の立場に立って考えてやれば、子育てはずっと簡単なものになるはず。

だからこの本は自閉症児を持つ家族だけでなく、赤ちゃんを産んだお母さんや、子どもたちまでいろんな人に広く読んでもらいたい。そういう意味でよし丸の小学校にこの本があるということは素晴らしいことだと思う。

この四月からこのマンガはドラマ化されるそうだ。たくさんの人に自閉症のことをわかってもらえればと願う。もちろん、うちの子どもたちにも放映時間が遅いので、ビデオを撮って見せるつもりだ。

この世に存在するたくさんの光くんたち、どうぞ君たち自身のペースで成長していってください。

世界に向かってHELP！　と叫ぼう

何人か子どもがいて、しかもその子たちが小さいうちは思う通りにならないことも多いし、よく病気や怪我をする。産後間もなくて自分の体の調子も思わしくない場合もある。近所に親や親戚がいないと、母親は子どもに二十四時間つきっきりだ。寝不足でクタクタになる（お陰さまで私はケンの夜泣きのせいで、何の苦労もなく妊娠して太った体重を元にもどすことができた）。

これじゃあ子どもが健康だとしても母親はノイローゼになりかねない。私の場合は親元から離れていたが近くに協力してくれる親切な友だちがたくさんいてくれたので、とてもラッキーだった。

よし丸の参観日にケンを預かってもらってどんなに助かったことか。またちょっとした子どもの不安、例えばおねしょだったり、夜泣きだったり、相談所に行くほどでもない些細な事でも相談できる友だちがいれば気持ちはずっと楽になるはず。そして、「なーんだ、お宅もそうなの」「え？　小学校に行ってもおねしょするの？」子どもの成長はその子だけのもの。人や、ましてや兄弟間で比べるものではないとわかるはずだ。みんないっしょ。いつかできるようになるのだ。早いか遅いかなんて、できてしまえば微々たる差なのだ。

ストレスにはいろんなものがあるが、育児ストレスに関していえば、相手がわが子であるために自分ひとりでなんとかなるものではないからやっかいだ。しかし第三者が少し手を貸してあげることによって、ずいぶんそれは軽減されるはずだ。

例えば子どもを二時間ほど預けて美容院へ行ったり、ショッピングをするだけで、ひとき育児から解放されて、よい気分転換になる。少しでも自分のためだけに時間が過ごせたら、次に子どもを見たとき、とても優しい気持ちになれる。「寂しい思いをさせてごめんね」という気持ちになる。

もし子育てより仕事に生きがいを感じるなら、迷わず働きに出たほうがよいだろう。仕事から帰って子どもを精一杯甘やかしてやればいい。それで子どもにつらく当たったり、手を上げたりしないでいられるなら、母子のバランスがとれるなら、絶対そのほうがいい。

だからご主人に、ご両親に、お姑さんやお友だち、世界に向かってＨＥＬＰ！　と叫んでみよう。きっと誰かが力になってくれるはずだ。

『光とともに…』を読んだとき、「彼らの母親のストレスははかりしれないだろうな。こんな人たちの力になれたら？」と思ったが、やはりこういうサポート施設にはちゃんと大学で勉強した専門知識を持つ人たちがいる。では、手始めに働くお母さんたちの手助けをしてみようと考え、役場のファミリーサポートに登録した。これは、自分の空いている時間に子どもを家で預かったり、直接保育園まで迎えに行ってからお母さんが迎えにくるまで預かったりするものだ。ここで、経験を積んでいつか光くんたちのお世話ができるようになればなと思う。私の無謀すぎる野望は果てしなく続く。

A型の性格を捨てた女

あるテレビ番組で、「血液型によって脳の働き方が違うので、それに起因して性格も違う」なんてことを言っていた。血液型性格診断というのは昔からあるが、人の性格をたった四つに分けるなよーとか思ってあまり信用しなかった。が、「B型の人は前頭葉が初めに働くので行動が先走る」などと言われ、「なるほど、当たっているかもしれない」と納得してしまった。

ちなみに私はA型だが、記憶を司る側頭葉と海馬が働き、過去の経験から物事をじっくり考えて行動する真面目で神経質な性格らしい。

子どもの頃の私は潔癖症で、几帳面。引き出しの中はいつもきっちりと整理していたし、とてもきれい好きだった。しかし、それがだんだんとエスカレートしていくと、夜中寒いのに敷き毛布のゆがみを直すために起きだしたり、一日何度も家中の部屋という部屋が汚れていないか、片づいているのかチェックして回ったりした。テストだって少し線が歪んだり、ヘタな字だったら何度も書き直したりして余計な時間をくった。散らかった状態だとそこから一歩も進めなくなるのだ。それに少しでも手が汚れたら石鹸で洗わないと気がすまない。

ここまでくればもう病気である。そして十七歳のある日、

「私、なにしてんだろ」

と気付いた。

「一生引き出しの整理や掃除に追われて生きる気？　そんな暇があったらほかにもっとするべきことがあるだろ」

その日からA型の性格をやめた。汚れたもの、散らかったものを極力見ないように努めた。歪んで置かれたテレビのリモコンも、少しばかり下着が挟まった状態の引き出しも見て見ぬふり。布団が曲がっていようが、シーツに皺が寄っていようが、気にしないで寝るように努力した。初めは気持ち悪くて体がおかしくなりそうだった。でもだんだん慣れてきて今じゃいくら子ども部屋がゴミとおもちゃでぐちゃぐちゃになろうが、勉強机の上に教科書と雑誌が山積みされていて今にも崩れ落ちそうだろうが、平気である。そして雑に

整理整頓が早くできる、つまり「とりあえず片づける」という得意技だけが残った。

人間、やってみれば性格も変えられるものだと今思い返しても感心する。それでもたまにしばらく家を空けていて、久しぶりに実家から帰って来たときなどは、大量の洗濯物と片づけるべき荷物の多さに気が狂いそうになる。先にそのごちゃごちゃしたものぜんぶを片づけないと、平静な心で食事の支度やほかのこととかができないのだ。大きな箱があったらそれらぜんぶをひとまとめにほうりこんでパッと蓋を閉じてしまいたいくらいだ。パニックに陥る前に深く深呼吸して「目の前の物をひとつずつ、ひとつずつ片づけないと仕事は終わらない」と呪文のように自分に言い聞かせる。

そういえば、性格に関することでもうひとつ辞めたことがあった。

クヨクヨ落ち込むこと。

私は子どもの頃からなにかあると何日も気が滅入ってしまう、暗～い女だった。(これもA型の典型か？)

十八歳のとき。友だちはみんな京都だ、神戸だと言っているなか、私は受験する大学もないくらい成績が悪かった。それどころか卒業も危うかったのだ。それもこれも、クラブや同好会をかけもったりして勉強しなかった自分が悪いのだが、本当に私の友だちはみんな頭のいい子ばかりだった。あまりにも私がふさぎこんでいるので心配した友だち（ちなみに彼女は京大法学部現役合格者だ）から、

「どーしたん。睫下むいてるよ」

と言われ、まわりの空気まで重くしてしまった自分の陰気くささに嫌気がさした。

「アホらしい。辞めた」

いつまでもクヨクヨと考えて暗い気持ちでいる間の時間がもったいないと思った。「『時は金なり』やよ、今、私はお金を捨ててるねんよ！」

落ち込むのはその原因をしっかり見極めないで、陥ってしまった自分を哀れんで自分に酔ってしまうから。そこから堂々巡りで這い上がれない。そう感じたのが高校三年の二学期だった。そのお陰か、翌春にはどうにか大学に入ることができた。喜び勇んで担任に合格の報告に行ったとき、普通こういう場合は「よくやった」とか「がんばったな」と言われるはず。しかし先生の第一声は、

「ウソやろう」

なんて失礼な人だ。先生は信じられないという顔つきで、「お前なんかしたんと違うか」と言いたげだったのを今でも忘れない。

「私の家は貧乏です！　決してウラ口入学ではありません」

喉まで出かけたその言葉をぐっと呑み込んだ。

過去のいやなことをはっきり覚えているのもA型の特徴だったかな……。

春は夕暮れ

少し日が長くなってきたなと油断していると春の夕暮れはふっつりと終わってしまう。そして代わりに、西の空には金星がひときわ大きく光る。

《宵の明星》というやつだ。まだ完全に暗くなりきっていない空は地平線から薄い水色、青、群青色という色のグラデーションがとても美しい。宇宙から見た地球の青とはこんな色ではないのかと思うような青色。今すぐ家に帰って絵の具を出して、この色を忘れないうちに再現したくなるほどの青。その深い青に今ではほとんど西に傾いてしまったオリオン座をはじめ、星々が輝きを増してくる。ものの十分くらいだろうが、闇が広がるまでの空の美しさといったら、「春はやっぱり夕暮れだ」と言いたくなるほどである。あれっ？なんかへんだな。

ついでに言うなら、夏は朝靄。

まだ冷たい空気に若葉の香りが胸に気持ちいい。五時ごろに起きて洗濯物なんぞ干していると少し肌寒くて、思わず「ここは軽井沢か？」と思ってしまう。

秋は夕暮れ。

真っ赤な夕日がいつまでもいつまでも続くさまが眼にしみる。ちなみに奈良の春日山あたりから夕日を眺めると、ごみごみとした建物が立ち並ぶ大阪全体が真っ赤に染まり、「この土地すべて、あなたの治める国ですよ」なんて声がどこからか聞こえてきて、一瞬平城京の都にタイムスリップしてしまうのではと思ってしまう。

冬は真夜中。

凍てつくような星空が寒さも忘れさせてくれるほど美しい。子どもの頃、よくコートを何重にも重ね着して暗い駐車場から眺めたものだ。数分もしないうちに体がすっかり凍ってしまうのだが、よく晴れた日の晩はやはり寒さを覚悟の上でつい出かけてしまっていた。

人それぞれ感じ方は違うけれども、日本の四季は本当に美しい。この美しさを子や孫の代までも残していきたいと感じるなんて、もうトシかな？

ノーベル賞受賞者ってやっぱりスゴク偉い！

『ノーベル賞受賞者にきく　子どものなぜ？　なに？』（ベッティーナ・シュティーケル編　主婦の友社）という本を児童書の本棚で見つけた。

これはドイツのジャーナリストが、子どもが日頃感じている素朴な疑問、例えば「空はどうして青いの」といった簡単そうだが、私たちではパッと正解を答えることができない難問をその道のエキスパートに取材してまとめている本だ。

その回答者がすごい。たんに賢い大学の先生とかのレベルではなく、すべてあのノーベル賞受賞者なのだ。

こんなとんでもない企画がよく通ったものだと感心するとともに、子どもたちのために超多忙なスケジュールのなか、この企画に対して快諾された回答者たちがまた素晴らしいと思う。

この中の「どうしたらノーベル賞をもらえるの？」というとてつもなくストレートな質問にミハイル・ゴルバチョフ（一九九〇年にノーベル平和賞受賞）が見事に答えている。ダイナマイトを発明したノーベルの遺書により財団が設立されたこと、過去どんな人たちが受賞しているかを説明。そして彼らがノーベル賞を受賞しようと活動していたわけでは決してないということを言っている。そして最後に自分がどのようにしてソ連国内の民主的改革を進めていったかを語っている。

政治にとんとうとい私にも「ナルホド」よくわかった。彼は書記長に選ばれた瞬間から、「核兵器の軍備縮小」のために即行動を起こした。それまでのアメリカとの交渉について、「交渉の仕方を交渉しているだけだ」というみんな内心そう思っていても大きな声では言えない、これ以上うまく言い表わせないくらい的を射た表現をしている。

本当に偉い人はいたってシンプルだ。ノーベルだってダライ・ラマ十四世だって、レントゲンやキューリー夫人だって！ それぞれ専門や歩む道は違うが、世界の人々がいかにして幸福になれるかをいつも念頭において、そのために自分はなにをなすべきかを知っていてそれを実践している。

私は、政治も世界情勢もよく知らないくせに昔からミーハー的にゴルビーのファンだったが、彼は実際私が思った通りの素晴らしい人だった。イランもセルビアも日本の政治家も自分の党や民族のことばかり考えないで、彼らノーベル賞受賞者たちのように純粋に世界の将来や幸福のことだけを考えて行動してもらいたいものだ。

あとがき

映画が好き。マンガが好き。六月の若葉が好き。音楽も本も大〜好きっ！　大人になっても子どもの頃と頭の中はたいして変わっていないもんだと最近よく思います。

―春―

お天気の良い日にフトンを干していると、その隙間に巣を作るスズメがいます（地域限定！　他では見られません）。枯れ草や小枝をせっせと運び込み、愛する家族のため（もしかしたら彼女にプロポーズするため？）一日かけて作るようです。夕方フトンを取り入れる時、当然無残にもその巣は壊されてしまいます。しかしまた次の日、性懲りもなく同じように巣を作りにやって来るのです。

生き方なんていくらでも選択肢があるけど、好きなものやそれに伴う習性はそうコロコロ変えられない。人間もスズメも厄介なものです。でもだからこそ生きていて楽しいのだと私は思います。

文芸社さんにお話を頂戴してからのこの本を書いている間、私は（少々寝不足気味ではありましたが）とても楽しかったです。そしてきっかけは「一本の電話」でなく、本当は「小さな新聞広告」だったということにも気づきました。去年の夏、原稿募集の記事を見つけ投稿していなければ今もこの本は存在しません。人の縁とは本当に不思議なものです。三人の子どもを育てる中、私は主人や家族、周りの方たちからたくさん助けられました。いつもこの「人との縁」によって自分は生かされているんだなーと感じています。

そんな感謝の気持ちをカタチにしたのがこの本なのです。

ある時、友達にこんな話をしたことがあります。「子どもが出来たらもう一度、子ども時代を（その子たちと一緒に）過ごせるよ。親は二度美味しいってやつよ」。

彼らは毎日笑いの種を運んで来てくれます。そしてもの凄いパワーを私に与えてくれます。だからこそ私が無敵の「ママ子レンジャー」になれるのです。気づいてないかもしれないけど、「ママはいつも君たちに感謝しているのだよ」。

最後に締め切りに迫られ、眠い目をこすりながら可愛いイラストを描いてくれたよし丸、繭子、本当にありがとう。

二〇〇四年六月三日

松田　雫

著者プロフィール

松田 雫（まつだ しずく）

1964年大阪府東大阪市に生まれる
同志社女子大学卒業後、6年間のOL生活を経験
長女出産を機に退社、その後専業主婦の道をまっしぐら
小6（女）小3（女）幼稚園年長（男）の3児の母
現在、ファミリーサポートに登録する傍ら、簿記2級合格に向けて
猛勉強中！

ママ子レンジャーが行く！

2004年8月15日　初版第1刷発行

著　者　松田 雫
発行者　瓜谷 綱延
発行所　株式会社文芸社
〒160-0022　東京都新宿区新宿1－10－1
電話　03-5369-3060（編集）
03-5369-2299（販売）

印刷所　東洋経済印刷株式会社

ISBN4-8355-7813-9 C0095
日本音楽著作権協会(出)許諾第0406938-401号